菜鳥靈魂回收員

目錄

第一章

嘩啦啦，隱約可以聽到浴室所傳來的水聲，已經持續了十來分鐘。

一百二十坪大的樓中樓位於市中心最繁榮的地段，三十層樓高的建築，將整個首都的夜景毫無保留的盡收眼底，從挑高的玻璃窗看出去，遠處的車燈來來往往，像是一幅人造星空的動態藝術品。

有別於一般豪宅裝潢，沒有奢華的水晶吊燈、沒有熊皮地毯、沒有百萬名畫、更沒有燙金的樓梯扶手。取而代之的是手術專用的LED吊燈，六張與真人等高的人體結構圖掛滿了整面牆壁，另外還有一個骨骼模型骷髏當作裝飾。

門口一進來左側原本該是客廳的地方，只剩下兩張相對的黑色皮沙發。靠近落地窗的位置擺放了張梨花木製長型的高級辦公桌，看起來就像是小型會議桌。一樓剩下的空間全部打通在一起成一個房間，裡頭有張醫院用的手術床，心電圖，麻醉用瓦斯等。像是隨時可以躺在上頭接受手術。

兩層樓高的書櫃上滿滿都是原文的醫學書籍，看起來像隨意擺放，只有醫學專業的人才看得出其中擺放的關連性。室內打掃得一塵不染，看得出主人對工作環境

拘謹的個性。

隨手抹去浴室鏡面上的水珠，仔細觀察的話會發現，停留在玻璃上的右手正微微地顫抖著。

他收回手臂，邁步踏出浴室。

男子甫開門，蒸氣就像翻騰的雲朵不斷從高大的身後冒出，古銅色的肌膚可以看出明顯鍛鍊過的六塊肌，腰間只圍了條白色浴巾，隱約可以看出人魚線。

他脖子上掛著毛巾卻不擦拭，單手把頭髮全部向後撥。走回臥房的途中，任憑水滴順著黑色髮絲沿著帥氣的臉龐，不斷滴落到木頭地板，然後又被吸收進去。

與一樓的擺設迥異。臥房內沒有多餘的擺設，深灰色床罩的加大雙人床和簡約的裝潢可以瞭解這個男人的生活品味。

簡單卻不失設計。

自由而不受拘束。

房間裡唯一突兀的是現在正躺在床上，穿紅色半透明蕾絲性感襯裙，身材火辣的金髮女郎。露出纖細的雙腿，故意擺出撩人的姿勢對男人勾勾手。

沒有任何一個正常的男人會拒絕這種邀請，男子當然也不是什麼禁慾的教徒。

他故意無視自己顫抖的手，掛著一慣地笑容，準備好好慰勞辛苦工作後的自己。

性感女郎起身把他鉤上床，她用雙手環繞他的脖子。

「嚴醫生，怎麼洗這麼久。」女郎不滿的嬌嗔。

「這麼迫不及待啊，讓醫生哥哥來幫妳看治療吧。」嚴隼人露出壞壞的笑容，準備要扒開那件有穿等於沒穿的絲質襯衣。

「人家全身都好不舒服喔，嚴醫生趕快幫人家注射。」這個騷狐狸，其實他們不過前天才認識。當時在東區酒吧裡喝酒，對方就自己主動倒貼上來。只記得她自稱自己是法官的女兒，除此以外就沒更多認識了，他甚至連她的名字都搞不清楚。

好像是叫蘿絲，還是安琪拉？

多虧他的外貌談吐以及存款的位數，讓他的手機裡永遠不乏女人的電話。但是卻沒有任何一支電話的紀錄，能在他的手機裡保存超過一個禮拜。

女郎跨坐在他身上，正準備脫衣服。

突然，樓下傳出書本掉落的聲音。

嚴隼人拉著襯裙的手停在半空中。

「妳有沒有聽到什麼聲音？」

「哪有什麼聲音。」女郎不滿他停下動作，迅速脫下紅色襯衣，主動伸手將嚴隼人的手放在自己豐滿的雙峰上。

錯覺嗎？隼人正要低頭下去親吻那對酥胸時……

碰！更巨大的碰撞聲從樓下傳來。

難道是小偷？這個念頭一閃而過，隼人迅速抽回雙手，翻身下床，拉開旁邊櫃子的抽屜。

看到他取出鋒利的手術刀，女人驚呼。

嚴隼人盡量放輕腳步，迅速地衝出房間。從二樓樓梯口往下看，只見到骷髏頭標本倒在書桌旁。

而且似乎……有一個人坐在他書桌旁的黑色皮椅上一動也不動。

「嚴醫生，到底發生什麼事了？」女郎用浴巾遮住身體跟著跑出來。「咦？骷髏頭怎麼自己倒了？難道是地震？」

「噓。」嚴隼人比了噤聲的手勢，悄悄地往樓下走。

坐在他皮椅上的人身穿白襯衫，從上頭看下來，乍看之下還以為是短髮，近看才發現原來一頭烏黑色秀髮紮了馬尾在後頭。

那個闖進來的人，竟然是個女人！

嚴隼人環顧四周，注意到手術房還鎖的很嚴密，看來那個人似乎沒有同伴躲在周圍。他心中暗自鬆一口氣，卻不敢掉以輕心。

謹慎的拉近彼此距離，對方明明注意到了。卻又對他視若無睹。

「喂！」他朝那個馬尾女叫喊了一聲，將手術刀藏在身後。

那個身穿白襯衫的女子被聲音嚇到，身體震了下，卻依然故作鎮定，雙手緊握放桌上，眼睛直直的凝視前方。

仔細看這個女子長的清秀，小鵝蛋臉再加上娃娃頭劉海，一雙晶瑩的大眼，看起來才二十歲出頭左右。與其說她是女人，不如說是大女孩更恰當。

「喂，妳是怎麼闖進來的？」隼人挑眉，這個女的明知道自己在叫她，卻還故意裝作沒聽到？

像這種黃金地段的豪宅區，每個出入口可是都有退役軍人的警衛二十四小時嚴密監視著，外加電梯裡有電子鎖，而外頭厚重的特殊金屬製門板還特別請人來加裝三重鎖，沒有自己的指紋、視網膜以及聲紋比對，照理來講是絕對進不來的。就算拿一般炸彈來炸，門上都不一定會有痕跡。另外房間玻璃也都全部改成防彈式的。除非是受過訓練的特殊探員，否則恐怕連一般警察都不見得有辦法破解。

他倒是滿好奇這個馬尾女是怎麼溜進來的。

那個女子雙頰泛紅，咬著嘴唇一動也不動，甚至裝作嚴隼人不存在似的。

現在到底是想掩誰的耳盜鈴？

「該死，妳到底想要……」嚴隼人正要逼問對方的來歷。圍著浴巾的性感女郎突然抓住隼人的手，很明顯的可以感受到她正在發抖。

「乖，別怕喔。」嚴隼人安撫的拍拍她，雖然他們並不熟，但是他可是很有紳士風度的。「我查看過了，她沒有別的夥伴。」

「嚴……嚴醫生，你剛才到底……到底在跟誰講話？」

「還不就那個突然闖入別人家裡的奇怪馬尾女啊。」

「……誰？」

「她不就坐在那邊嗎。」

嚴隼人沒好氣道的說，毫不客氣的大手指著坐在他書桌的那位小姐。

「那裡沒有人啊！」性感女郎大聲驚呼。

「你怎麼可能看的到我！」馬尾女也大聲驚叫。

兩個女人同時驚訝地大叫。

「呃……」

現在的情況是怎樣？

「嚴醫生，你是不是太累了。」性感女郎吞口口水，有點緊張，還不露痕跡的放開原本抓著嚴隼人的手。

從剛剛開始，就看他一個人對著空氣說話。是瘋了還是……撞邪？

不論哪一種都讓她毛骨悚然。

「妳怎麼可能會沒看到，她就在正前方，坐在我的辦公椅上阿，還綁了奇怪的馬尾。」

「你才奇怪！」白襯衫女孩忍不住回嘴，拼命搖頭。「不可能不可能，你怎麼可能看的到我。」

「妳躲也不躲，大辣辣地坐在那裏，鬼才看不到。」嚴隼人忍不住回嗆。

「你又還沒變成鬼，本來就不應該看的到啊。」

「完全聽不懂妳在胡扯什麼。」

嚴隼人氣結，根本雞同鴨講，現在還被這個馬尾女咒死？

「那個……嚴醫生……我看你可能真的太累了，那我就先回去好了，你今晚好好休息。」性感女郎露出不自在的笑容，巧妙的往後退了三步。太倒楣了，還以為釣上了金龜婿，結果他竟然在那邊自言自語。太可怕了，該不會是讀太多醫學書讀到腦子都壞掉，看到幻覺了吧？

虧嚴醫生長的這麼帥，結果腦袋卻不太正常。

她還圍著方才的浴巾，匆忙地抓了掛在衣架上的大衣和皮包，也不管衣服有沒

有穿好，就連滾帶爬急忙的衝出去。

連聲再見都沒來得及說。

碰！關門。

喂，那是我的大衣啊。嚴隼人撫額，為自己竟然還有心情在乎這種小事情感到好笑。

「話說回來，妳到底是誰？」他轉頭瞪著馬尾女，剛才那股怒氣已經消散一大半，現在只覺得莫名其妙。

此刻白襯衫女子穿著黑色短裙還有黑色絲襪，背對自己看向窗外，還故意吹口哨不回應他。

「喂！」

她還是不理他。

嚴隼人手交疊瞪著眼前這位身高只到自己肩膀的嬌小女人。

「裝作不理我是吧，那我要靠近囉。」

「唉喲！」女孩慌亂地揮動嬌小的拳頭，馬尾像節拍器那樣晃動。「唉喲唉喲，你要假裝沒看到我啦。」

「為何？」他挑眉。

「我們假裝一切重來，我一直都看得到你，你還是看不到我。」女孩振振有詞。

「OK？」

K你的頭。

「我又不是瞎了。」

「你不懂啦，這樣才不會破壞生態平衡。」馬尾女小聲的補了一句。「這樣我才不會被上司罵……」上司原本就不友善的臉，最近變得比往常更加猙獰，簡直就像便祕了太多天，誰惹到他誰就遭殃。經驗老道的下弦姊姊他們都是能躲多遠就躲多遠，誰也不想被這莫名其妙的颱風尾掃到。

「什麼鬼生態平衡？」

「因為我是來自冥界的靈魂回收員阿。」

「……Pardon？」

「冥界的靈魂回收員啦。」

嚴隼人覺得頭開始痛了。這該不會就是日本最近盛行所謂的電波族吧？

電波族，泛指脫離現實，沉浸在自己的幻想中的人。他們把自己想成不同腳色，有可能為非現實，通常具有角色扮演的傾向。

例如，有的人會認為自己是來自金星的外星人，或是也有把自己打扮得像河童，

堅持只吃小黃瓜的人。

照這定義看來，眼前的馬尾妹百分之百是電波族無誤。

「妳給我好好解釋清楚，沒解釋完不准走。」反正女伴都被妳嚇跑了，老子有的是時間妳你耗。

「解釋是可以，可是……」女孩越講越小聲。

「可是什麼？」他生平難得的耐心快耗盡了。

「你能不能先去穿件衣服。」好養眼。啊，我是說好害羞。女孩臉整個紅透。

嚴隼人素來有上健身房的習慣，從六塊肌跟標準的倒三角型身材和人魚線，古銅色肌膚，到男人出生以來最可靠的兄弟，全都一覽無遺。

見鬼了……他全身上下一絲不掛！

他這才發現方才在樓上臥房想要跟性感女郎親熱溫存一番時，圍在腰上早就被扒掉了。後來急忙衝下來之際，壓根沒注意到自己裸體。現在他全身上下唯一的物品，就是右手裡的那把手術刀，根本無法遮掩任何部位。可能拿來戳瞎對方眼睛還比較快。

回想剛才的情況，他氣惱的想把這個電波妹從三十樓丟下去。

可惡，要不是這個女的突然闖入家裡壞了自己的好事，現在早就在房間上演孩

童不宜的十八禁了。嘖，他越想越覺得真的應該把這馬尾女千刀萬剮。

嚴隼人發現自己的雙手再度不受控制的顫抖，額頭上滲出冷汗，他努力壓抑著想要做嘔的衝動，他強迫自己慢慢深呼吸。他需要人類溫暖的體溫，只要是任何單純的擁抱都可以。

沒錯，他有病。

不知道為什麼，每次在長時間的手術完成後，他都會特別渴望人類的體溫，瘋狂的想要擁抱溫暖的身體。不好好確認人人類活著的心跳他就無法安心，這也是他身邊總是隨時替補著不同女人的原因。一方面是還沒找到能讓自己動心的人，另一方面其實也不願意讓心愛的女人來承受自己心理問題。

他從不主動認識別人，也不試圖保持聯絡。

他有跟他的心理醫生兼損友談過一次這回事，這成為了他這輩子做過最後悔的事情之一，對方聽完後只大笑說這麼色胚的病他還有什麼好不滿的。然後當時酒吧正好來了位低胸辣妹，色鬼心理醫生就丟下他跑去找樂了。根本就是超級損友。

這件事後來也就這樣不了了之。

而此時，這個馬尾女完全沒意識到她闖了什麼大禍，雖然用雙手遮著臉，但其實偷偷用指縫偷看著自己。

這個小色女。

仔細看她長相，雖然不及以往自動倒貼他的女人們艷麗性感，但是那獨特的清秀面貌倒也還算精緻，還有雙水汪的大眼。有種大學剛畢業，初出社會不識人間的青澀感。

「喂。」嚴隼人努力讓自己恢復平靜。

「人家有名字啦，我叫小滿。」

「喂，過來。」嚴隼人不由分說，抓小滿的手就往樓上走。

「你……你拉我去你的臥室想做什麼！」小滿驚嚇過度。

她柔軟的小手比尋常人的體溫略低，摸起來冰冰涼涼的很是舒服，稍微撫平嚴隼人急促的呼吸，雙手似乎也不再顫抖。

「妳說呢？」他壞心的一笑。

「救命啊！」

他甩開她的纖手，任憑她掙扎，毫不憐香惜玉地改抓小滿的馬尾拖上樓。原來這個奇怪的馬尾用處在這。

「快放開我！不要抓人家的馬尾啦！」小滿沿路痛得哇哇大叫。竟然遇到變態了，好可怕好可怕。嗚，下弦姐姐救命。

「雖然這裡的氣密窗隔音效果很好，但是如果妳肯高抬貴手放過我的耳朵，我會很感激妳的。」

嚴隼人覺得太陽穴附近有點發疼，把她丟在門外就自逕走進臥室去。

「你要做什麼？」

「穿衣服。」從房間內傳出的聲音像在偷笑。

原來不是要非禮她，小滿鬆一口氣。絕對沒有因為對方很帥而感到失望。

「進來。」

小滿探頭偷看，只見嚴隼人靠在臥房的落地窗前，而他口中所謂的穿衣服，只是套了件深灰色休閒長褲，鍛鍊過的六塊肌仍毫不掩飾，反而更增添了成熟的男人味。

好帥，小滿不由得看的痴了。

「坐。」這裡是他家，當然凡事他說了算。嚴隼人指著身旁的單人沙發。

「沒關係，我站著就可以了。」

「坐。」他雙手抱胸靠在落地窗旁，雖然掛著笑容，卻充滿警告的意味。要是她堅持站在那裡，隼人倒是不介意幫她一把，把她扔進沙發上。

小滿吞了口口水，急忙跑過去坐定，大氣也不敢喘一下，乖的跟綿羊似的。

「待會我問一句，妳就回答一句。」想到今晚被嚇跑的性感美女，嚴隼人就笑得更燦爛了。「有任何問題嗎？」

咩，沒有。

小滿死命搖頭。

「很好。」他頓了頓，眼神銳利。「妳是小偷？」

「當然不是。」小滿搖搖頭，要不是她理虧在先，肯定會跳起來抗議，這個問題也太失禮了，她才不是什麼小偷咧。

「原來是變態跟蹤狂。」嚴隼人了解似的點頭。

「我才不是變態！！」

「那妳到底是誰，來我家做什麼？」

「這個問題啊。雖然剛剛已經回答過了，但是我大人有大量，不介意再回答一次啦。」小滿假裝清喉嚨，咳咳兩聲。「我乃冥界使者，靈魂回收員的小滿是也。」說完還俏皮的閉上左眼，在眼睛旁比了YA的姿勢。

嚴隼人整個愣住，緊接著彎下腰，雙腿間無法抑制著劇烈顫抖。

果然是電波妹。

「真沒禮貌。」她不滿的嚷嚷。「你不要再笑了啦。」

「抱歉抱歉。」他抬頭，一見到小滿又忍不住彎下腰。憋笑的胃都糾結了。

「不要再笑了啦！」

「妳剛剛說妳是魔界的什麼？」

「不是魔界，是冥界啦，也有人稱為地獄。」她自豪的挺胸。「我可是冥界的靈魂回收專員。」

「新的卡通角色？」

「是真的啦！因為冥界屬於不同世界，所以你們人類才會都看不到我們。」

「怎麼會看不到，又不是瞎了。」嚴隼人好笑的看著眼前的這位小姐，可惜他是天才外科醫生，這種精神方面的疾病大概要找他的那位損友醫治，對付這種妄想症不是他的專長。雖然損友平時總是色瞇瞇的輕浮樣，但是好歹也算是精神科的權威。

「我也不明白為什麼只有你看的到，從來沒聽說過這種案例。」小滿苦惱。真是太倒楣了，竟然第一次出任務就遇到突發狀況。

「喔？妳這個電波妹竟然連故事背景都設定好了。」

「我說的是真的啦！」小滿氣惱的嘟嘴。

「好好好，真的真的。」他擺明了就是不信，竟然一副安撫小孩子的嘴臉。

小滿頓足，不知道是眼前這個人特別難溝通，還是人類都這樣。管它規定有沒有說不能透漏冥界祕密，今天士可殺不可辱！

她從不知道哪裡拿出一疊厚重的資料。

「這是冥界的故事背景嗎？」嚴隼人看著五公分厚的A4紙，覺得很不可思議。看起來都可以出一本書了。

「嘿嘿，這是你的生平資料啦。」小滿得意地大聲朗讀。「嚴隼人，二十九歲，十二月出生，B型，職業雖然是外科醫師，卻沒有取得執照，」

「原來妳這麼迷戀我啊，還不惜調查我的資料，要不我順便送妳簽名照算了？」有這種狂熱的粉絲真傷腦筋，不知道她從哪探聽到的資料。

「誰迷戀你啊！這是工作上的資料啦。」小滿吐舌頭。「人的一生什麼的在冥界都有紀錄，其實就像是生死簿啦。」

嚴隼人後悔自己太小看電波妹的妄想功力了，連這種東西她都可以淘淘不絕講出設定。

「一般人類哪可能知道這麼詳細，不信你聽。」小滿隨便翻一頁大聲唸。「大學時就讀T大，原本考上企管系，隔年重考上醫學系。至今動過的大型手術一十五場，小手術五十一場，患者從企業家到政治人物都有。」

她渾然沒發現隼人的表情，隨著自己每唸一句，變得越發陰沉。

「夠了，別再唸了。」

「是真的啦，我再多唸一段你就會相信我了。」賭上她爺爺的名譽，一定要讓這冥頑不靈的嚴隼人相信她。「父親台籍，母親為日本籍貫的混血兒，妹妹六歲時……」

「閉嘴！」

嚴隼人低著頭突然怒吼，小滿被嚇到了，拿著A4資料的雙手僵在原處。雖然她瞧不見他的表情，但能確實感受到他的憤怒。

他怎麼突然生氣了？

自己哪裡惹到他了嗎？

是因為自己唸的不好聽嗎？還是太大聲了？

在小滿手足無措的之際。嚴隼人再抬起頭，眼底的陰霾已一閃而逝，恢復原先慵懶的笑容，只是這次笑意並沒有傳到眼底。

「今天就到此為止了，我不管妳是怎麼調查到我的資料的……」

小滿舉手解釋。「這個資料我是在冥界找到的。」

他根本不打算給她解釋的機會。

「我不管妳怎麼拿到手的，也不管妳是怎麼闖入我家的。但都不許再接近我，再有下一次就是直接報警了。」

說了半天他還是不相信她的話啊。該怎麼辦啊……小滿超苦惱，兩條眉毛幾乎都要擠到一塊時，忽然靈光一閃！

「不信你看身後的鏡子！」她指著嚴隼人身後的鏡子。

嚴隼人冷哼。「妳如果跟我說妳是要從鏡子回去，我就直接把妳打包送回精神病院。」

真是的！這個人幹嘛都不相信別人的話！

「拜託啦，你看一眼，看一眼就好。」

他忍不住翻白眼，鏡子有什麼好看的？

在他身後是鑲嵌在衣櫃上的連身鏡，鏡中的男子完美的倒三角形身材忠實呈現。雖然有固定運動的習慣，但畢竟工作還是太忙了嗎？他看著腰間的曲線仍不甚滿意。還有那黑眼圈，他思索著是否該讓自己好好放個假，一口氣睡上一個禮拜。

剛才一定是壓力太大才會動怒。

「鏡子有什麼好大驚小怪……」

突然間，他似乎覺得哪裡不對勁。

鏡子裡面只有自己孤單站立的身影，但是他旁邊的沙發上卻是空蕩蕩……

嚴隼人難以置信的回頭看小滿，發現她仍好端端的坐在沙發上不曾移動。

再看看鏡子，沙發上還是空的。

現實中，有人。

鏡子裡，沒人。

「靠！妳是什麼鬼？」嚴隼人吃驚的說。這馬尾女的影像竟然沒有出現在鏡子裡！

「不是鬼啦，是靈魂回收專員。」終於相信了吧，哼哼。

「回收靈魂？是死神嗎？」他瞇起眼睛。

「不太一樣性質的工作。」小滿解釋。「我們只負責將使用完畢的靈魂回收，帶回冥界後，會由另外的負責人來清洗乾淨，好讓你們再轉生投胎。」

「就像垃圾資源回收嘛。」嚴隼人很驚訝自己竟然這麼輕易就接受這種說法，大概是看到鏡子裡的靈異現象，再不可思議都只好接受了。雖然他崇尚科學，卻也沒鐵齒到親眼所見還不信邪的程度。

「完全不一樣，靈魂回收員需要高度的專業跟知識才行。」

總之是個需要高度專業，勇氣，結合愛與和平與美的工作。

「所以，妳今晚來這裡究竟有何指教？」

「就算是我們靈魂回收員，也無法準確的事先掌握人類的生死。我們只是感應人類死亡的氣息而已。」

「死亡氣息？」他嗅了嗅自己身上。

「人類在將死之際會散發一種特有的死亡氣息，我們靈魂回收員感應得到位置，就會前來回收。」

嚴隼人微笑。「代表我快死了，所以妳才會出現在這裡？」

「並不是這樣的。今天傍晚這裡明明傳出很重的死亡氣息，不過正當我趕來時候，卻又突然消散了，真奇怪。」她困惑地搖搖頭。「可是這附近沒有別的靈魂回收專員啊。」

「妳確定是我家？不會搞錯了吧？」

這個自稱是靈魂回收員的馬尾女，看起來不怎麼可靠。該不會還是菜鳥吧？

「傍晚幾點？」

「大概快五點的時候吧。」

「喔，妳說的那股死亡氣息，搞不好是我下午醫治的病人。」嚴隼人思索。

「那個死人現在在哪裡？」小滿眼神突然發光，滿懷期待地望著隼人。

「他沒死。」嚴隼人沒好氣道的說。「我醫好了。」

「騙人！」小滿驚訝地大叫。

「就是醫好了，騙妳又沒錢賺。」真沒禮貌，好歹他也被人比喻為密醫界的黑傑克。憑他的技術要救活人還比醫死容易。

「怎麼可能，那麼濃郁的死亡氣味耶。」她瞪大眼睛。「這麼接近死亡的人，從來沒有聽說有人可以擺脫過。」

「那看來我還滿厲害的嘛。」嚴隼人得意地摸自己下巴。

「那個病人的名字是什麼？他住在哪裡？」

「無可奉告。」

「快告訴我啦。」小滿心急。「我還要趕過去看那邊的情況耶。」

「我是真的不知道對方住哪裡。」嚴隼人聳肩，知道他也不會說的。就算對方是非人類也一樣，保密也是醫生的工作之一。別看他這樣對生活態度散漫，對於工作它可是有自己的原則的。

另一方面，看她的臉又漲成紅色，粉嫩嫩的，捉弄起來非常有趣。

「竟然會發生這種特例，只好跟上面的回報了。」小滿喃喃自語。「太衰了。」

「所以這一切都是妳自己愚蠢的失誤，趕快乖乖道歉然後滾出我的房子。」他

微笑，把她推出房門外。「掰掰，不送了。」

小滿冷不防的不知從哪裡掏出一罐小型噴霧器，朝嚴隼人的面前就是一按。滿意的看他倒下。

唉，第一次接任務就這麼倒霉，沒業績就算了，她最討厭寫報告了。

第二章

七月的豔陽，充滿惡意地直射進沒拉窗簾的房間，即便開了冷氣，還是能感受到那充滿能量的熱度，非常刺眼。

也非常令人不爽。

床上的身影本能地翻過身，背對陽光繼續補眠。

昨晚似乎做了個亂七八糟的夢，有個有妄想症的電波女一直來找自己囉嗦，什麼地獄啊、靈魂之類的，簡直莫名奇妙。身為醫生的他才不信那種怪力亂神。

據說人在深層睡眠時不會作夢，自己肯定是太累了才沒睡好。

依稀記得昨天完成了一場大型手術，耗時將近十個小時。沒有什麼比工作完成後抱女人更舒壓的事情了。他滿足的將懷裡的女人拉近，打算繼續補眠。就算閉著眼也聞得到她身上淡淡的水果香味，手不經意的搭上去。

嗯，那種柔軟的觸感真不錯。但是怎麼似乎比印象中的還要小？從哈密瓜變成水蜜桃。

「大變態！」大枕頭正擊中臉無誤。

「妳搞什……」嚴隼人瞬間驚醒。才拉開枕頭，又一顆飛過來。

「你大變態！大色狼！偷襲熟睡的女孩子！」好熟悉的女聲，對方的粉拳還不斷地砸落在枕頭上。「變態變態變態！」

「妳鬧夠了沒。」嚴隼人猛地抓住對方雙手，翻身靠身體的重量壓制對方。

看到對方臉時，他錯愕。

「你害人家嫁不出去了啦。」小滿氣嘟嘟的拼命掙扎。

「怎麼會是妳！妳不是滾回妳的地獄去了嗎？」性感的金髮女郎呢？怎麼變成了發育不良的女孩了？

「喔，那個啊。」原本來在扭動的小妞突然笑的很尷尬，語氣彷彿在談論天氣。

「上面的主管叫我多留幾天觀察看看，還請隼人先生多多指教啦。」

打死也不能說其實是因為上頭的人太忙根本沒空裡她，還放話說要是沒業績就別想回去了。

聽她左一句「隼人先生」右一句「隼人先生」的。一臉有求於他的討好模樣。

「把你們主管電話給我。」嚴隼人臉色陰霾，伸手拿床頭櫃的智慧型手機，他平時個性就已經不是很好，起床氣更糟到骨子裡了。

誰都別想惹剛起床的男人！

「唉唷，反正隼人先生家那麼大，多我一個也沒差嘛。」

「你們主管電話幾號？」

「唉唷，你看以後你負責治療別人，失敗的話我幫你回收靈魂。」小滿趕緊搶走他的手機，諂媚地笑。「我們會是最佳拍檔。」

拍你妹。

嚴隼人受不了地翻白眼，他覺得頭好痛，到底要怎麼樣才能請走這尊小瘟神。

「妳昨天嚇走女伴的事情我都還沒跟妳算帳呢，妳打算怎麼補償我？」

明明就是被你嚇走的。小滿在心裡嘀咕可沒膽說出口。

「下次有別的女生來你就裝作我不存在就好啦，反正一般人類又看不到我。」

太棒了，可以躲起來偷看活春宮圖。以前在冥界都只有聽學姊們聊起，她還沒看過真實世界是怎麼樣呢。

「不如妳現在就先來滿足我吧。」嚴隼人突然欺身向前，原本就在上方的他，現在幾乎整個人貼在小滿身上。

他故意在小滿耳旁吹氣。滿意的看她緊張的發抖，整臉紅透。

她的雙手還有臉頰，全身上下都冰冰涼涼的，在這種炙熱的夏天抱起來特別舒

服。夏日森林的小溪，上頭還有樹蔭遮擋，腳泡在冰涼的水裡，躺在岩石上還可以從樹葉的縫隙中看到藍天。大概就是這種感覺。

昨天的小馬尾早就解開，如墨的髮絲散在床上，令人遐想。

「你！」她激動的說不出話了。

從來沒有男人靠她這麼近過，小滿完全僵在原處，動彈不得。

「小滿妹妹，妳該不會以為人類世界是可以免費居住的吧？」他邪氣地一笑，大手輕撫她的蘋果臉頰。「就用妳的身體來抵房租吧。」

小滿突然意識到自己招惹很危險的男人。

「考慮的如何？」

她腦海裡浮現昨晚與上司說過的話：我可愛的阿滿，我不管你是偷是搶，或淫或盜。反正三十天內想盡辦法給我弄回一條靈魂就對了。要是遲到的話，那記得至少把人界的窩弄的舒服一點啊。

這意思不是擺明叫她沒找到靈魂帶回去，就永遠不用回去了嗎！

她永遠記的上司當時講話的語氣，說溫柔就有多溫柔。上弦姊姊說過，如果上司大吼罵人，那代表他心情還不錯，但是當他良心發現開始關心你三餐有沒有吃飽的時候，就要小心了。

還有什麼職業比醫生更常接觸到死亡呢？這麼好的機會怎麼能錯過，況且她在人間界也不認識其他人。

主管，貞操，主管，貞操，主管，貞操。

「我我我……」

「沒關係，妳慢慢考慮啊。」嚴隼人的語氣說溫柔，就有多溫柔。完全沒有要催促她的意思。他的吻從臉逐漸不安分下滑。

他竟然偷親她的脖子！

小滿想看活春宮歸想看，但不想親自當主角上演啊！

「大變態！」她滿臉通紅，大力推開壓在她身上的隼人。

「真遺憾，談判破裂了啊。」他表情一點都沒有遺憾的樣子，像是早就預料到。

「門在那邊，不送了。」

小滿淚眼汪汪，一副可憐兮兮的模樣。

「我無家可歸耶！你真的忍心趕我走嗎？」小滿語氣充滿指控。隼人覺得怎麼聽起來他像是棄養流浪狗的壞人。

「讓我想想……」

「隼人先生。」她聲音軟綿綿的撒嬌。

「妳真的是什麼靈魂什麼的嗎？」

「是靈魂回收員啦，你現在幫我的話，以後等你死掉，我就幫你升等專屬VIP的靈魂清洗套裝行程，如何？」

絕對物超所值！

「太好了。」他滿意的點頭。

小滿心中鬆了口氣，剛看他捉弄自己，還以為他很難溝通，沒想到人還不錯嘛。

「那我就放心了，待會如果我泡完咖啡回來，還看到妳在這裡的話。就把妳從三十樓丟下去。」他壞心一笑。「反正妳應該死不了才對。」

她收回剛才心裡那句話，嚴隼人絕對是世界上最機車難搞的人！

嚴隼人不理會背後的哀號走出臥室，來到同樣位於二樓的廚房。

他好整以暇的倒出咖啡豆，然後磨成粉狀，倒進咖啡機裡等待。其實他對咖啡並沒有那麼講究，就算是沖泡式的也行。會買咖啡豆純粹只是他個人喜歡把豆子磨成粉的感覺，新的一天就從這邊開始。

唉，工作結束後的美好補眠日，他通常喜歡一口氣睡到下午，不過現在看來就算回鍋睡也睡不安穩了。

他也不認為等會兒回房間，那女人就會乖乖聽他的話，真的消失不見。

請神容易，送神難。尤其是不請自來的傢伙更是難送走！

該怎麼辦呢？

他在等咖啡的同時忽然想到，話說回來，自己昨晚究竟是怎麼睡著的？他最後的記憶只停留在他們正討論到某件事情，但有結論了嗎？

依自己嚴謹的個性，不太可能窗簾忘了拉上就睡，因為那樣會影響睡眠。

另外水槽裡也少了平常習慣睡前一杯紅酒的空玻璃杯。

該不會是那傢伙對自己做了什麼手腳吧？

「你的手機在發光耶。」他腦中的「那傢伙」正高舉自己的手機，慌張地從房間跑出來。

小滿又重新綁好昨天的小馬尾了，一副大學生的清純無害模樣，還有萬年的白襯衫，看起來百分之百就像剛入社會的菜鳥——很好欺負的那種。

嚴隼人看了手機，號碼隱藏顯示不明來電者。

「喂。」哼哼，算對方好運。通常大型手術後的隔天不睡到下午，他是不會罷休的，手機絕對是靜音外加關震動，就算是總統打來也別想吵醒他。

「您好，請問是嚴醫師嗎？」電話那頭傳來嬌滴滴的嗓音，是那種任何男人聽了，怕是鐵打的心也都軟了，聲音整個酥到骨子裡去。

嚴隼人嚐了一口咖啡，有點燙舌。「我是。」

他對於接到陌生人的電話習以為常，只是要探聽他的電話號碼需要透過特殊管道，需要有一些特權才要得到。所以會打電話過來的人往往非富即貴，一開始就先幫他過濾掉塞不了牙縫的雜魚。

果不其然。「嚴醫師，冒昧的打擾您了，我是某某集團董事長的祕書，很抱歉恕我無法告知集團名稱，敝姓黃。事情是這樣的，我們董事長他……」

「叫他自己打來。」嚴隼人微笑打斷對方，掛電話。

「突然掛別人電話太沒禮貌了啦。」小滿搖搖手指。她當初在冥界的學校就有修過人類世界禮儀基礎的課程，這點禮貌她還是知道的。

「擅自闖入別人家中的傢伙，有什麼資格跟我談『禮貌』這兩個字？」不知道為什麼面對她，嚴隼人一貫地笑容時常掛不住。

正要找小滿理論一番時電話又響了。

「喂。」他沒好氣道的接起來。

「嚴醫師。」又是同一個人，用女人專屬的撒嬌嗓音道歉。「敝姓黃，實在是非常抱歉吶，我們董事長正巧抽不開身，所以還是由我負責代為向您轉達。」

「他忙，我也不是閒著。不如我們都別耽誤彼此的時間，掰。」他挑釁的看著

身旁的丫頭，這次夠有禮貌了吧，他有說再見。

「嚴醫師，請稍等一下。」黃祕書慌張了，從來沒有男人會掛她電話。「是這樣的，我們董事長的兒子昨晚出車禍，想麻煩您做手術，費用一切都很好商量，我們保證費用絕不會讓您吃虧的。」

「自己的兒子受傷，想拜託別人醫治就自己打來。」又掛電話。

「你不接這個病患嗎？可以海撈一筆唷。」小滿好奇的雙眼滑溜溜瞧著他。

「如果連這點誠意的做不到，那麼我看這個父親對兒子的愛大概也不太多，不如他別浪費這筆錢了，我也好省事。」

「這樣啊。」她突然想到什麼，露出燦爛的笑容。「那你手機借我一下。」

輕啜口咖啡。「怎麼了？」

「既然你不去醫治，那就輪到我出馬啦。」太好了，今天的業績有望。「你知道那個董事長住哪裡嗎？」

小滿有業績就可以回冥界，等於她不會再繼續賴在這裡囉嗦，等於自己可以獨享一個人的寧靜，等於重拾睡眠的美好。

不需要愛因斯坦的天才頭腦，隼人腦袋裡就能快速列出這串等式。

怎麼算，怎麼都划算！

嚴隼人看她研究半天還找不到手機的開關鈕，忍不住伸手接過。

「我來幫你查比較快。」難得他們兩的意見一致，達成共識。

然後，電話螢幕顯示又亮了。

「醫師，拜託你一定要救救我兒子。」一接起來就聽到中年男子哽咽的嗓音。

嚴隼人挖挖耳朵，果然還是剛剛那個女人的聲音悅耳多了，哆了點也無妨。這個老頭現在才在那邊裝哭，一開始就自己打來不是省事很多嗎？

「我小犬出車禍現在昏迷不醒，所有醫生都束手無策，我聽說現在只有人稱天才外科醫生的嚴醫師能醫治了，請您一定要救他。」嗚嗚嗚。

講了半天咖啡都冷掉了，他皺眉把剩下的都倒進水槽裡。「我的行情可不低。」

「多少錢我都付得起。」

隼人露出邪笑。

「三百萬。」

「三百萬是吧，我知道了，等一下就叫祕書匯款到你的帳戶裡。」

「我是說美金。」

「美金？三……三百萬美金？」中年男子驚呼，這可不是一筆小數目啊。

「我可是無照密醫，動手術是有風險的。」

「可是三百萬美金這也……」

「不要就算了。」嚴隼人的笑容越來越燦爛了，最近他是招惹誰了，昨晚招來一個小瘟神後，今天一大早還有個不懂規矩的老頭打電話來煩他。

「等一下等一下，嚴醫師，你也不要逼太緊，我們都有空間好商量嘛……」

「掰。」準備今天第三次掛別人電話。

「等等等，好吧，三百萬美金就三百萬美金。」中年男人咬牙，早就聽說這傢伙嗜錢如命，但是他的醫術的確無人能及，反正先把醫生請過來再來談判。「那麻煩您現在趕快出發吧。」

「我的規矩是收到錢才動刀，附帶一提，我這輩子還沒退款給別人過。」言下之意就是從未失手過。

「我知道了。」可以想像老頭再電話另一端擦冷汗的模樣。

嚴隼人報出一組海外帳號數字。「你們大概預計幾點會到？」

「非常抱歉，犬子現在的身體不能隨便移動，手術室還有助手這裡都幫您準備好了，可能要麻煩醫生您跑這一趟了。」

「也行。」工作上除了價錢，其他都很好商量。

總算是談妥，嚴隼人順手洗了杯子放進烘碗機設定十五分鐘。

雖然昨日才剛完成大型手術，加上睡眠上不足，但是在他臉上卻找不到一絲疲憊，對於這種突發性的緊急工作他已經很習以為常了。

「三百萬美金很多嗎？」小滿疑惑的偏頭。雖然不知道到底是多少啦，不過剛才聽那老頭哀嚎的聲音來判斷應該是不少。

「對這種商人來講，我還喊價還太客氣了一點。」

「也是，買一條命來講花多少錢都划算。」小滿嘆氣，她也是有業績壓力的說。

「真可惜，我本來很想要這個靈魂的說。」

手機接收到來自海外的匯款確認，嚴隼人看著戶頭裡的一百五十萬，跟原本講好的差了一大半，他向來都是直接收全額，沒有訂金不訂金這回事。

「這個老狐狸，連救兒子的錢都敢跟我搞鬼」走著瞧吧，嚴隼人又拉著小滿的馬尾往房間走。「要準備出門了。」

「痛痛痛，你要做什麼？」

「換衣服啊，妳昨天不就很想偷看？今天特別優待妳。」

「我哪有。」小滿粉嫩的臉頰瞬間又漲紅。

隼人哈哈大笑，獨自走入房中。

「萬一醫不好怎麼辦？」小滿朝房間大喊，都跟人家獅子大開口了，要是治療

失敗就糗大了。不過這樣她就有靈魂可以拿了耶，好像也不吃虧。

「不知道。」他邊扣襯衫扣子。「我的手術還沒有失敗過的經驗。」

「什麼嘛，那樣我的業績又無望了。」

她探頭發現嚴隼人換好衣服，就跑進去賴在床上。

「那我去也派不上用場，乾脆今天就幫你看家好了。」小滿開心的打開了床頭電視，如果沒辦法工作就當來人間度假吧，她一向看的很開。

上司不是才說嘛。

記得至少把人界的窩弄的舒服一點啊。

「妳也要去。」隼人搶過她手中的遙控器，關掉。別開玩笑了，怎麼能讓這個小瘟神賴在自己家裡，天知道回來會不會發現房子被燒掉。

「這是什麼？」只見小滿從灰色棉被推中，抽出一條紅色絲質的布料。攤開來看，是那件性感女郎留下的紅色襯衣。「原來你的興趣是穿這個嗎，果然是變態。」

嚴隼人能明顯感受自己臉在抽搐，他心中已經打定主意了。

待會絕對，絕對要半路就把她丟下車，或是去地下室開車前就直接把她丟進社區專用的資源回收桶。

一勞永逸！

第三章

林立的水泥房逐漸被樹木所取代，行駛的路面角度也逐漸傾斜，黑色保時捷奔馳了將近兩個半小時後，駛入了一座隱密的小山林。

這是先前醫治過的客戶送他的跑車，要是小滿知道這台車的行情，大概就不敢在昂貴的跑車裡大嗑餅乾了。看她吃得一臉滿足的模樣，還會以為她在吃什麼豪華大餐，其實不過就是洋芋片而已。

「唉唷！你……你開慢一點啦！」小滿緊張的一手抓著安全帶，一手保護著吃剩一半的餅乾，驚恐的瞪大眼睛。早知道暈車這麼恐怖，她剛剛就不吃這麼多了。

一路上不斷看儀表板上的時速突破一百三十公里，就連山路也不例外。她看嚴隼人根本就很享受自己哇哇大叫，才故意飆這麼快嚇她。

「嗯？親愛的，想下車了嗎？」他戴著墨鏡有禮貌的詢問，口氣好不紳士。

「才不想。」小滿索性閉上眼睛，拼命告訴自己不是人類，根本不用害怕死掉。

「你如果出車禍死掉，我就有靈魂可以回收了。」

一個大轉彎小滿又驚聲大叫，嚴隼人哈哈大笑。

「如果剛剛那個董事長不肯出錢，你就真的不幫他兒子治療了嗎？」她試圖想轉移他的注意力。

「我就是確定他付的起才喊價的。」小心的閃過對向來車。「就算要他犧牲全部的財產也不為過，與心愛的人生命相比，哪邊比較划算？要是連這點都想不清的話，那也沒有醫救的必要了。」

「你昨天才剛動完手術，今天接著又要動刀沒問題嗎？」

「我習慣了。」嚴隼人一手握著方向盤，另一手準備隨時換檔。「以前還是醫學院學生時就時常在熬夜。」

沒有人天生就擔的起天才外科醫生的稱號，很多人常常自己不願意努力，卻擅自羨慕別的人成功。他其實不喜歡別人這麼稱呼他，似乎想用「天才」兩個字就想要掩蓋過他過去付出的努力。大家往往一句沒有天分，就想打發掉自己的人生。

「你怎麼不去考醫師執照呢？」小滿滿嘴餅乾問道。

「沒興趣。」

她偷看駕駛座的男人拒絕回答這個問題，墨鏡遮住的雙眼讀不出思緒，好看的嘴唇卻抿成一條線，不若以往的微笑。

嚴隼人陷入沉思，兩人沉默許久。

小滿忽然驚呼。

「這好好吃噢！」她新拆的牛排口味餅乾，才剛吃一口就感動地摀住嘴巴，怕味道跑出來。「這怎麼能這麼好吃？魔法嗎？還是奇蹟？」

「那是把整塊牛排磨成粉撒下去的高級餅乾。」嚴隼人胡謅。

「真的假的？好高級喔！」她眼睛閃爍著光芒，崇拜的看著餅乾包裝。

等等，她眼角那是在泛淚光嗎？

「妳該不會是第一次吃餅乾吧？」

「不知道耶，生前的事情都不記得了。」

「妳怎麼會跑來當靈魂回收員？」

「好像是因為自殺死掉的人無法再轉世投胎，所以就要義務在冥界服務才能投胎。」小滿不在乎地說，拉下車窗窗戶讓沁涼的風吹入。

嚴隼人別具深意的看了小滿一眼，閃過一絲抱歉。

「別這樣，不需要那種表情，過去的事情其實死掉後全部都忘光了，也不覺得難過。」小滿因為風吹進來，整個頭髮都亂七八糟的，但是她卻一臉享受的表情。「其實當靈魂回收員也沒什麼不好，可以認識很多不同的人，還可以去很多地方。」

「可惜妳生前我還不認識妳，不然就是做腦部移植手術，我也會想盡辦法讓妳活過來的。」嚴隼人露出微笑，小滿有一瞬間看著他的笑容看癡了。

「隼人先生。」沒想到他這個人嘴巴壞歸嘴巴壞，但人還不賴嘛……

「妳沒死的話，現在就不會有人糾纏我了。」

駁回！小滿立刻駁回腦袋裡又要認為他還不錯的想法。駁回駁回駁回！

「被我這麼可愛的女生糾纏是你的榮幸！」

「拜託妳把這個榮幸讓給別人吧，我可承擔不起。」他大笑，小滿生氣的捶他肩膀，根本不痛不癢。「那妳目前回收幾個靈魂了？」

被問到尷尬的問題了，小滿掩面，羞愧地沉默。

「嗯？」

小滿嘴巴像含了滷蛋，根本聽不清楚。

「大聲一點吶，親愛的。」

「零個啦！」她自暴自棄的大喊，把臉埋進手裡。

「一個都沒有？」他毫不客氣的嘲笑她。「原來真的是個菜鳥啊。」

「說不定你等一下手術失敗，我就有工作了。」小滿朝他吐舌頭，模樣好不可愛。

嚴隼人莞爾，兩人有說有笑地逐漸往山裡駛去。

在山中繞了將近一個小時，終於隱約從樹林間看到棟裝飾奢華的洋房，綿延數百公尺的外牆連接著華麗的歐式雕花銅金色大門。

「真不懂有錢人在想什麼，竟然在山裡的別墅特別設了一間手術房。」小滿驚訝的看著誇張裝飾的大門，

「人類通常都滿怕死的，尤其有這麼多錢的時候，更會捨不得離開這人生了。」嚴隼人漫不在乎的開車。「不過這種程度的豪華離真正的有錢人還差的遠了，充其量也不過是個暴發戶就是了。」

「奇怪？這裡沒什麼死亡氣味啊。」小滿像貓咪一樣嗅來嗅去，瞇起眼睛。

「妳鼻塞？」

「真沒禮貌！我鼻子靈的跟狗一樣！」

聽到她反駁，嚴隼人忍俊不禁笑了出來。她不喜歡鼻子被批評，卻可以接受把自己譬喻成狗。

轉過彎看到門外圍繞有一群人拿著布條在外咆哮。

「王偉平你這個龜兒子，趕快給老子滾出來！」

「不要躲在家裡哭了，這麼大了還在吸母奶！」

「一命抵一命，撞死人就該償命！」

「社會上就是有你這種敗類！」

叫囂聲不絕於耳，空氣中的怒氣火藥味瀰漫四周。

「發生什麼事了？」小滿緊張的問。

「不知道，不過妳先別作聲。」嚴隼人用嘴型作勢叫她安靜，車子緩緩駛進。

人群中有人注意到嚴隼人的高級跑車，誤以為他們是這家的人，一個皮膚黝黑，壯碩的中年男子站出來拍他們的車窗。「喂，你們跟這家人是什麼關係，快給我下車。」

「這群人真沒禮貌。」小滿氣呼呼，她真心覺得每個人都應該要有一本冥界講學出版的禮儀教科書，重新好好學習什麼叫做禮貌。

嚴隼人既不回應他們，也沒打算搖下車窗，只是拿起手機，講了句「開門」便掛掉。

語畢，鐵門緩緩拉開，轉移了大家對車子的注意力，幾個彪形大漢保鑣從裡面衝出來擋住了想衝進去的民眾，嚴隼人趁著人群的縫隙駛入豪宅門前的庭院。

下車時看到鐵門正拉上，又成功的將那群人阻擋在外。

「嚴醫師。」微胖的中年男子帶著勞力士金錶，他就是電話中的董事長，王允

中。乍看起來倒像是憨厚的老實人，跟小滿想像中的奸商相差十萬八千里遠。

董事長身後跟著一個襯衫開岔故意露低胸的美女，想必就是電話中的黃祕書了吧。小滿目測她至少有E罩杯，再低頭看自己起伏不大的胸前時，有點受到打擊。

嚴隼人看小滿一派輕鬆的跳下車，但是那個董事長和身邊的祕書保鏢似乎都沒有人發現她的存在。

看來不會還真的是只有自己才看的到她吧？所以小滿要不真的是鬼，就是自己瘋了看到幻覺。

隼人心中最後一絲「希望這個世界還是跟昨天相同」的期望正式宣告落空了，連鬼魂都真的存在了，那還有什麼事情是不可能發生的？現在就算有人跟他說外星人要占領地球，他都會相信了。

「門口那些人是？」嚴隼人先把思緒拉回工作上，開門見山的問明白，他可不希望手術中突發什麼什麼變卦。

「沒什麼，您不必在意。」王允中斥責身後的傭人。「竟然讓醫生一直站在大太陽底下，還不快請他進去。」

傭人們趕緊彎腰稱是，伸手要接過客人的皮製手提包。

「沒關係，裡面裝的是我的手術用具，我自己拿就可以了。」

鐵門外的人一直在注意裡頭的狀況，他們聽到對話後更加憤怒。

「原來那個人是醫生啊！只花錢找來醫生來治療自己兒子，都不管別人的死活！」

「醫生你千萬不能答應幫他們治療！」剛剛拍車窗的壯碩中年男子，推測他應該就是帶頭抗議的人，正推測怒氣沖沖指著王允中。「他的兒子用藥迷昏酒店小姐，想要帶去賓館做猥褻的事情，結果酒醉駕車撞到我的孩子。現在卻反過來反咬說是我六歲的兒子擅自闖越馬路才害他出車禍……這世界還有天理嗎！」他講到一半，難過得哽咽。周圍的人趕緊安慰他。

「這種人死了算了！」其他親友也跟著搖旗怒吼。「醫生拿了錢連惡魔都肯治療，窮人難道就只好自認倒楣等死嗎！」

「什麼！原來他這麼過分嗎！隼人先生，這種人就不用醫治了！」小滿聽了後馬上倒戈，跟著外頭的人同仇敵愾。

「嚴醫師，這邊請。」王允中對抗議充耳不聞，領著醫生進入屋內。轉頭對管家說。「叫我的律師去跟外面那群人談判，或是報警也可以，總之想辦法讓他們閉嘴。」

最先入眼的是歐洲歌德風格式的華麗客廳，黑白相間的大理石地板，純手工編

制的波斯地毯，還有燙金邊的沙發支架。

果然是暴發戶，有錢還怕沒人知道似的。

嚴隼人好整以暇地找位子坐下，並不急著醫治，一旁的傭人急忙湊過來倒咖啡。他品嘗了一口，是耶加雪夫的咖啡。雖說是要價不菲的咖啡，他卻覺得跟他在家裡喝的沒什麼兩樣。

「隼人先生，你該不會真的想幫那個壞蛋治療吧？」小滿悄悄的坐到他身邊，想要繼續說服他。

「當然不會。」除非他先把剩下的一百五十萬美金匯過來。

她沒聽懂他話中的意思，還以為嚴隼人也認同自己的想法，開心的點頭。「就是說嘛，那種人的靈魂就是需要回收徹底洗乾淨，順便連他老爸的靈魂都一起回收！」

「嚴醫師，別理會外面那些人，分明就是他們害我兒子出車禍，看在那小孩六歲的份上，我也不想跟他們計較。但他們現在卻因為嫌拿到的醫藥費少，才在外面鬧事，想利用受傷的孩子多要一筆錢，你說這不是很過分嗎？」王允中從門外進來，趕緊向嚴隼人解釋。「這群人就跟蒼蠅一樣啊，嚐了點甜頭就趕都趕不走。」

「你才是蒼蠅呢，而且還是蒼蠅王。」小滿對王允中扮鬼臉，哼。她仗勢對方

看不見自己，講話起來也肆無忌憚。

「我向來不過問病人的私事。」嚴隼人滿不在乎地端起咖啡。

「那就好，那就好。那麼嚴醫師，現在就趕快來進行手術吧。」

「別那麼心急嘛。」

「嚴醫師！我兒子的事怎麼會不急呢。小犬出車禍現在雙腳什麼錯綜性骨折，那些庸醫們都說只能截肢，有沒有搞錯，我王允中的兒子怎麼可以是殘廢！他們怎麼不把自己的腦袋截掉算了！再不趕快醫治的話他就一輩子都不能走路了。」王允中焦急地滿頭大汗，從西裝口袋掏出手帕擦拭。

當初他在電話那頭說兒子有性命危險，還講得一副很嚴重，生死交關的樣子。竟然只是腳骨折而已。

「看吧，難怪我說這裡沒有死亡氣息」小滿得意的邀功，再三炫耀自己的鼻子有多靈敏。

「急什麼，我咖啡都還沒喝完呢。」嚴隼人將身體靠進沙發裡，調整了舒服的姿勢。

「您現在是想反悔了，拿走一百五十萬美金卻不做事嗎？」

「我們當初講的價碼不是這個數字吧。」

談到錢的事情，王允中臉色一沉。原先老好人的形象不見了，露出了商人的本性。

「……你這是想趁火打劫嗎？」

「怎麼會呢，我向來都只做你情我願的生意。」

「如果我說我沒這麼多錢呢？」

「怎麼會有這種人啊！連自己兒子的醫藥費都要斤斤計較。」小滿難以置信的大聲嚷嚷。

「付得起香蕉，就只請的了猴子。」嚴隼人也不生氣，起身就準備要離開。「那麼，我只能祝你能找到截肢技術好一點的猴子。」

「嚴醫生……」

「下次有機會希望能再合作啊。」從醫生口裡講出這句話，分明就是詛咒對方趕快受傷的意思。

小滿原先以為他只是嘴上威脅，想嚇嚇對方罷了。他們開了大老遠的車子來到這裡，沒想到嚴隼人真的說走就走，毫不留戀。帶著她就往門口走去。

眼看大家口中的天才外科醫生就要離去，王允中內心掙扎了一番，終於咬牙下定決心。

「好啦！我出就是了，總共三百萬嘛！」沒辦法，誰叫他只有這個兒子。

「是『再』三百萬。」

「咦？」

「三百萬加上原先戶頭裡的一百五十萬，現在要我醫治的話，總共要四百五十萬美金。」嚴隼人微笑解釋。「這才叫做趁火打劫。」

惡魔！這個人根本就是惡魔。小滿跟王允中心中都同時浮現這個名詞。

「四百五十萬未免也欺人太甚了吧！」就算是重新生一個兒子也不用花這麼多錢。

「我離開再叫我回來的話，就是六百萬起跳。」

「好吧好吧……」王允中氣虛，他已經不只是咬牙而已，根本就要咳血了！「四百五十萬就四百五十萬。」

他怕嚴隼人繼續坐地喊價，趕緊叫祕書去匯款，然後叫主治醫師拿了份先前診斷的資料放到他面前。「這是王偉平的病例，還請您過目。」

小滿發現，這個主治醫生看著嚴隼人的神情充滿不屑，連正眼都不瞧他一眼。

在醫學界，沒有人不知道嚴隼人。據說他國中時跳級就讀，原本考上國內第一志願商學院，後來只憑自修就成功轉系到醫學院。年僅二十二歲就取得醫學院碩士的，傳說中的天才外科醫生。有傳言他在二十五歲時就被請去為沙烏地阿拉伯酋長

的愛妾開刀，自此一舉成名，政商兩界許多知名人物據傳都是他的病患，這也就是為什麼他雖然無醫師執照，醫師公會卻動不了他的原因。

這簡直就是醫學界的恥辱！空有技術卻沒醫德，也沒醫品。從他剛趁機敲詐王允中就看的出來，這個人根本就不把人命當一回事，只是純粹當作圖利的手段，牟取暴利。

這種人，根本不配被稱做醫生！

「雙腳粉碎性骨折，神經斷裂，時間又超過十二小時，判斷只有截肢一途了。」主治醫生心裡一百個不情願讓這密醫來動手術，但他還是簡單扼要的報告病患情況。要嚴隼人知道這麼嚴重的傷不是兒戲，根本就不可能治的好。

「一般而言的確是只能截肢了。」嚴隼人看起來仍一派悠閒，絲毫不受困擾。

「你都拿了四百多萬還敢說你治不好！我看什麼天才名醫都是假的！你要是治不好的話我就砍下你的雙腳陪葬！」王允中氣急敗壞，口不擇言。

小滿實在很想提醒他：你兒子還活著啦，死人才能陪葬。

「我是說一般情況。」嚴隼人好整以暇的翻看資料。「誰說我是一般了？」

看他充滿自信的模樣，王允中發自內心的鬆了一口氣。雖然他剛剛對錢討價還價，但其實他還是很疼這唯一的兒子的。

好吧，錢跟兒子他都愛。

「我先聲明，待會手術進行到切割的部分時，任何人都不許插嘴有意見，我不喜歡在關鍵的時候有人在旁邊干擾。」

「這……」主治醫生面露難色，他本來就認為這手術根本就不可能會成功，要是放任沒有醫師執照的嚴隼人一個人在手術房，不知道他會搞什麼鬼。

「就照嚴醫師說的去做吧。」王允中揮手。主治醫生再不甘願都只能照做，畢竟出錢的人最大。

「有沒有空房？我先準備一下，半個小時後動手術。」

「帶醫生到二樓的客房去。」王允中對傭人下令。

方才為眾人倒咖啡的女傭，將嚴隼人帶往樓上，沿路不時用眼角餘光偷看這位帥氣的醫生。小滿當然是厚臉皮的一起跟過去。

「謝謝。」嚴隼人對帶路女傭道謝。

小滿完全搞不懂他。

「你為什麼剛才對董事長擺高姿態，現在卻對女傭這麼有禮貌？」重女輕男？隼人用只有他們兩個人聽的到的音量回答。「我討厭有錢人。」

「原來如此。」小滿這才恍然大悟，難怪他剛才會故意狠狠的敲詐王允中。

本來她也討厭那個臭老頭，但看隼人先生欺負人家到後來，連自己都有點同情他了。

咦，不過隼人收了這麼多錢，他自己不就也是有錢人了嗎？這樣好像罵到自己了？

就在她的小腦袋胡思亂想之際，在女傭的帶領下來到了房間外。

雖說是客房，卻也比嚴隼人台北的房間大上兩倍不只。

靠近大門這一側的走廊，可以聽到方才外頭的的示威聲仍不絕於耳。

「他們一大早就來抗議了，真可憐……」

「可憐的是哪一邊？」

「當然是那家被撞到的孩子啊！」女傭義憤填膺，聲音不自覺拉高。「聽說人家孩子才只有六歲，被撞到後一直昏迷到現在都還沒醒來。卻被誣賴是他自己衝出來，不但拿不到醫療費補償，還要吃上官司。而撞人的少爺竟然才斷了兩條腿而已，實在是太便宜他了！」

女傭說完後，忽然意識到以她自己的立場，實在不該說自家少爺的壞話，尤其還是對要醫治他的醫生這麼說。不禁紅著臉，趕緊告辭離去。

同樣憤慨的豈止她一個。

這裡還有一隻小滿，抓著他的手臂搖晃。

「隼人先生，你看連那個女傭都這麼說。你為什麼要醫治那個臭小鬼，他可是想迷姦女生還有酒駕撞到人的大壞蛋耶。這種人就交給我處理就好啦，帶回去把他的靈魂泡在漂白水三天三夜，保證新洗得乾乾淨淨讓他重新做人。」哼哼哼哼。

「可以，給我四百五十萬美元我就答應妳。」

「隼人先生！」

「我是醫生，不是律師。我沒有辦法決定人的生死，錢才可以。」

「你怎麼這麼市儈！」小滿難以置信。

「歡迎來到人類世界。」

他也沒生氣，拿著病例，坐在落地窗邊的小沙發研究。不再理會小滿。很快的就進入專注的境界，不受外界打擾。

她氣急敗壞。沒想到隼人先生是這種死要錢的人。雖然說醫生不能對病患見死不救，但是對壞人心軟就是對好人殘忍啊！

為什麼隼人先生就是不懂呢！

小滿心中莫名地感到一股她自己也說不上來的怒氣。

「大笨蛋！我不管你了！你就算求我我也不回來了！」她指著嚴隼人大吼完後，

就往門外衝出去，呃……穿門而過。

誰要求妳回來啊，本來就是妳自己賴著不走的不是嗎？

嚴隼人覺得好笑，將注意力又拉回病歷表上。原本吵鬧的房間忽然安靜下來，只剩下紙張翻頁的聲音。

本然應該是重新回歸平靜，但他心中突然湧現一股焦躁。

突然有點想念剛剛在車上逗弄她的樂趣。

他是怎麼了？

第四章

這狗崽子！

要是他乖乖遵守交通規則，紅燈停綠燈行，不喝酒不鬧事。他現在用得著這麼辛苦地幫他把神經縫合回去嗎！

兩日加起來超過二十三小時的手術時間，讓嚴隼人的脾氣完全暴走。

「止血鉗！」他伸手，身旁好不容易要求來當助理的主治醫生趕緊遞工具給他，絲毫不敢怠慢。

嘖，早知道剛才就聽那個馬尾女的話不接這筆生意了，管他是腿斷還是手斷都不關他的事情。一想到家中柔軟的床鋪就更讓他火大，完全沒有救人是醫生的使命這種觀念。

要是治好以後，王偉平還敢去酒駕的話，就算沒發生車禍。嚴隼人在心中發誓一定親自再把他的雙腿打回粉碎的原狀。

哼哼。

雖然他抱怨歸抱怨，但手上的動作卻絲毫不馬虎，每一個步驟都迅速且精準，把碎裂的骨頭及神經完美的接合回去。看起來比拼拼圖還容易。身旁的主治醫生看得如癡如醉，恨不得能把眼前所見的錄影下來，好好回去重複觀看研究他的縫合技巧。

「喂，助手。」

主治醫生愣了一下，才意識到嚴醫師是在叫自己。「你是在叫我嗎？」

嚴隼人翻白眼。「廢話，這裡除了你之外還有別人嗎？你會固定石膏吧？後面收尾的工作就交給你了。」

「沒問題！」

這種簡單的工作，通常都是剛到醫院的實習醫生在負責的。這位主治醫生好歹也是知名醫院的台柱，被王允中用私人名義請來。在平常誰敢要他做這種工作，絕對是在羞辱他。但今天剛看完嚴隼人手術後，能被委任讓他受寵若驚，立刻二話不說地答應。原本他對嚴隼人的任何鄙視，在親眼見到他的能力都，都只剩下欽佩了。

離開手術房後，嚴隼人攤在外頭走廊的長條椅上，扯下口罩仰頭吐了口氣。但縱然他再麼抱怨，再怎麼感到疲憊，現在如果又有人抱了四百五十萬美元到他面前求他醫治，他一定毫不猶豫地再戴回口罩，走回手術室。

理由很簡單，他要錢。

而且是很大的一筆錢。

你怎麼這麼市儈！

記得那個菜鳥回收員不久前才這樣對他大喊過。

他將手臂壓在額頭上，腦袋浮現出剛才手術的過程，血、骨骼、肉。每次都讓他與過去的回憶重疊。嚴隼人胃酸湧起，趕緊低下頭去，卻因為從早上至今都沒進食，所以想吐也吐不出來，只能不斷乾嘔。

他感受到手指正無法抑止的顫抖。

除了他的心理醫生以外，沒人知道。與他的天才外科醫生光鮮外表下，諷刺的事實是——他對手術過敏。

就像吸毒後的癮頭那樣，只不過他知道自己需要的不是毒品，而是人。他渴望活生生的軀體，感受脈搏的跳動，還有呼氣吐出來的熱度。不這樣做的話，他就無法相信手術已經成功的事實。只會不斷回想起記憶中那嬌小的身體，血流盡後，在自己懷中變冰冷的溫度。

這就是為什麼他手機裡永遠存滿女人電話的緣故，他需要有人能隨時陪在身邊溫暖自己。卻總是在短暫的溫暖過後更覺得冰冷，所以只能不斷的替換，不斷的尋

找下一個更溫暖的軀體。

他抱著自己顫抖的身軀，痛苦低吟。

小滿。

清秀的臉龐從腦海裡閃過，剛才專注在手術上都沒想起她。現在不知道為什麼她清秀的小臉會毫無預警地出現在腦海裡。明明與自己有交集的女人多的是，像是之前溫柔婉約的伊芙琳，或是昨晚性感火辣不知道叫安琪拉還是露西的女人。

隨便誰都好，為什麼自己偏偏是想起那個發育不良的馬尾女？

那傢伙先前在的時候嘮嘮叨叨，一直吵著要靈魂，要他不要救人。現在人都走了還不斷出現在他腦裡騷擾他。他甚至都可以聽到她嚷著「隼人先生」吵個不停的模樣。

那個迷糊的馬尾女是個大笨蛋，明明自己業績都沒達成，還一直賴在他身邊。她根本不明白憑他專業技術還有自尊，根本不容許病人死在自己面前。所以她再怎麼苦等也都絕對等不到靈魂可以帶走的。

嚴隼人搞不懂她，更搞不懂自己。

先前巴不得趕她走，現在她真的走了以後，嚴隼人不知道為什麼自己卻完全不想再回到那間寬敞的客房。明明已經累得要命，身體的每一絲肌肉都在抗議，想要

躺回床上。但只要一想到空蕩的房間裡只剩他一個人，他就沒有動力挪動雙腿。

不曉得她是不是跑回冥界了？

他自己也搞不清楚是怎麼一回事，明明很希望那個小麻煩趕快走，但現在她真的走掉，又有一股忽然想把她追回來的衝動。

為什麼會這樣？他向來沒有留住女人的習慣，通常跟女人的相處時間也不會超過一個晚上。

來來去去有如他生命中的過客，誰也不強求誰。

但現在他卻希望她能在旁邊，就算是拌嘴也好。

讓他能暫時忘記一些過去的事情……

一雙柔軟的手搭上他的肩膀，嚴隼人身體一震。

原來小滿還沒走嗎？

他急切地抬起頭，映入眼簾的卻是一張陌生的臉孔。

「嚴醫師，您辛苦了。」黃祕書以為隼人是因為累了才躺在這，嬌嗲嗓音喊著他的同時，手還不忘在他結實的肌肉上多摸兩下。「我帶您回房間好好的『休息』吧。」

她口中的休息當然不是普通的那種休息。

黃祕書白天的爆乳緊身襯衫不知何時換了下來，現在僅穿著簡單的浴袍，傲人的雙峰隨著她低下身子若隱若現。他只要拉掉那條繫在腰上的繩子，她就直接全裸了。比速食餐還要快速方便。

這個王允中，現在是想用美人計引他上當嗎？還是這個黃祕書自己想要麻雀翻身，勾引他這個黃金單身漢呢？

不管理由為何，他現在的確在渴求女人的肉體。

看嚴隼人沒有推開她的手拒絕，黃祕書更是放大了膽子，假借扶持的名義，讓自己凹凸有致的身材主動到貼上去。

「嚴醫師，我覺得您好了不起喔，不辭辛苦大老遠地跑來為人開刀，真的好偉大。我好崇拜您喔。他們能當您的病患真是幸福。嚴醫師……」一路上黃祕書除了用身體誘惑他之外，還不斷奉承嚴隼人的手術技術如何高明，好像她親眼見過似的。

要不是他那該死抖個不停的手，他會立刻叫祕書閉嘴然後滾蛋。

他忍著頭痛，轉開古老的英式手把的同時……

「啊！」

房間裡傳來淒厲的慘叫聲，不知情的人還為以為裡面正在殺豬。

嚴隼人愣了一下，默默地把門關上。

「謝謝妳送我回房。」他對完全狀況外的祕書道晚安。

「嚴醫生，那我回房間囉，晚安了。」黃祕書故意裝作要離開的樣子，因為她深諳釣男人的道理。對付他們就是要欲擒故縱，全天下的男人都是這樣，得不到的才心癢難耐啊。

看吧，她故意說要回去，等等嚴隼人就會求她留下共度春宵，然後她會先假裝害羞，推託一番，才不小心跌倒，順勢倒在他懷裡……

「晚安。」嚴隼人說完就要開門進房。

晚安？

他只說了晚安？

等等，他一定是沒聽清楚。

「嚴醫生，我是說我要回『我的』房間了唷。」她還不經意地用手撥了下波浪捲髮，看起來嫵媚動人。

「慢走，不送了。」

黃祕書原本黏膩的笑容僵住，她的劇本才不是這樣寫的。

「嚴醫生，你都沒有話想對人家說了嗎？」

「喔！」嚴隼人像是恍然大悟，忽然想起什麼。黃祕書忍住心中雀躍，臉上掛

著優雅的笑容。

就是這樣，快邀請她進房間吧！

他故意湊到她耳邊，悄聲說。「記得多穿一點啊，你要是感冒了我也沒辦法，因為我是外科醫生嘛。」

當門二次關上後，只剩黃祕書一個人錯愕的楞在原處。

有、沒、有、搞、錯！

不是應該邀請她進房間裡溫存一番嗎！黃祕書差點想拿走廊裝飾用的花瓶砸爛眼前的木紋門板。

一個全身上下只穿浴袍，身材火辣的性感美女親自把你送回房間耶，都暗示的這麼明顯了，嚴隼人那傢伙竟然能無動於衷。

這只有兩種可能。

他不是同性戀，就是性無能啦！

◆

他絕對是瘋了，不然就是白癡。

嚴隼人搖頭。

任何一個正常的男人都會選擇外面那位自動送上門的性感祕書，而不是他眼前

這隻嘴巴裡塞滿女傭為他準備的宵夜，躺在他的床上的吃貨。

這傢伙還擅自打開牆上四十吋的液晶電視，凝神貫注地看深夜鬼片，三不五時還發出淒厲的叫聲，比電視裡的鬼還嚇人。

「妳在這裡做什麼？」

「啊！」

剛被屠宰尖叫的豬又發出了第N次尖叫。

只見小滿穿著那套已經皺巴巴的白襯衫，滿臉驚恐的瞪著他。

看來她是看鬼片看得太過專注，才會根本沒注意到嚴隼人進門，被他的聲音嚇個正著。

她整個人被嚇的用棉被包住頭，放在床上的手工餅乾被她撞翻，灑落滿床。

「什麼嘛，原來是你啊。」

不然還能是誰？

他挑眉。「沒有記錯的話，這裡本來就是我的房間吧。」

「別那麼小氣嘛，反正這裡那麼大，兩個人用比較划算嘛。」小滿趕緊陪笑，她下午自己賭氣跑出去後，在山林裡迷路好久，費了好大的勁才找到回來的路。現在說什麼都要賴著不走！「我幫你試過了，這棉被很柔軟，躺起來很舒服。」

「順便連食物都幫我試吃了，嗯？」

「我……我怕他們對你下毒嘛！你看你狠狠的勒索了一筆錢，他們一定恨死你了，所以我要先幫你吃吃看啊。」

小滿說的理直氣壯，完全不見心虛。順著他的視線，看到桌上被他掃空食物剩下來的杯盤狼藉。

這種拙劣的謊言虧她講的出口，嚴隼人都聽不下去了。

「大爺我一整天工作累的要命，只喝了杯咖啡。妳這傢伙竟然把食物全部都吃光了，一口也沒留給我？」

「因為不知道是哪一口被下毒嘛，所以只好全部都吃……」在在嚴隼人的注視下，小滿原本氣勢像洩氣的氣球那樣消下去，越想越心虛。「好吧，人家好像真的有一點點小過分欸。」

嚴隼人挑眉。「只有一點點？」

「對不起嘛，人家太餓了，一回神就發現盤子空了，都怪這裡的廚師煮太少了啦。」小滿哭訴，道歉同時不忘拖別人下水。

「妳不要牽拖到廚師身上。」

「那……那不然讓你處罰好了。」

她緊閉雙眼，忍痛伸出雙手。

她是小學生嗎？嚴隼人對她的動作感到好笑。

「不，我才不要打妳手心。」

「咦！不可以打屁股！」小滿緊張的用雙手護住臀部，讓隼人不禁對冥界的教育方式感到擔憂。

「誰說我要打妳屁股了？」隼人爬上床，一股好聞的男人氣息把小滿壟罩，她漲紅了臉，一時之間竟然忘了要把他推開。

結實的手臂越過她，讓他們兩個人的頭貼得很近。然後……

他用棉被，像是捲花壽司那樣把小滿整個人捲起來。

「對噗起，握快噗能呼吸了……」

「鬼本來就不用呼吸吧。」隼人用腳踩住拼命蠕動的毛毛蟲。絲毫不懂憐香惜玉這四個字有什麼意義。

憐香能吃嗎？惜玉能填飽肚子嗎？

「我才噗是鬼。」聲音從棉被裡悶悶地傳出。

「就罰妳維持這樣到我洗好澡，免得妳又偷看。」雖然他身材很好是不介意啦。

「誰愛看啊。」這句話倒是非常誠實，畢竟昨天該看的她都看過了，不該看的

也全都沒錯過。小滿回想起昨天看到那古銅色結實的肌肉，忽然覺得棉被裡溫度升高，悶的她難受。

她拼命掙扎卻掙脫不了，反而感覺越綁越緊。

最後她乾脆放棄，悶在棉被裡等嚴隼人良心發現放她出來。

等啊等。

等啊等。

卻一點聲音也沒有！

臭隼人一定是故意在一旁看她掙扎故意拖時間。

沒想到這小滿只猜對了一半，隼人的確還在她身旁沒去洗澡沒錯，但是卻不是故意拖時間，而是身體忽然又開始劇烈顫抖了起來，整個人痛苦的倒在一旁，不斷冒冷汗。

這次似乎比以往嚴重，他甚至聽得到自己牙齒互扣的聲音。

該死，剛真應該叫黃祕書留下來的……

雖然心情上他並不想抱黃祕書，但現在他能感受到自己體溫正不斷下降，要不是趕快擁抱誰的體溫的話，他會被自己冷死。

不知道為什麼就連這種情況，明明已經是危急關頭，是抱誰都可以，他卻不想

抱小滿。

誰都可以，獨獨小滿不行。

「你到底洗好了沒啊？」小滿悶在棉被裡嚷嚷，像毛毛蟲生氣的扭動身體。

「妳怎麼還被綑成這樣……」他聲音強裝鎮定，不想讓她聽出端倪。

「這還不是你的傑作！」

「妳不是幽靈……之類的東西嗎？穿過棉被對妳一點都不難吧？」他記得下午還看她穿門而過。

我竟然忘了！小滿沮喪地從棉被裡飄出來，懊惱自己怎麼可以這麼蠢。

她在棉被裡被悶了很久，滿肚子怨氣正想找人發洩時，卻看到嚴隼人倒在一旁。

「隼人先生沒事吧？肚子痛嗎？」她趕緊跑過去。

「我沒事，過一會就好。」他強裝微笑，效果卻不彰。

「你先別說話。」小滿拿了條毛巾幫他擦汗，一臉憂心。「你的身體好燙。」

好燙？他剛剛都覺得快要冷死了。

小滿冰涼的小手不經意的碰觸到自己，讓他覺得快要被撕裂的頭痛舒緩了些。

原來她說的沒錯，他的體溫真的很高。

他再也無力支撐，頭整個靠在小滿的身上。

以往他總以為是他在失溫，所以不斷找尋一個個溫暖的軀體。現在在小滿涼爽的懷裡他才知道，沒想到原來其實一直都是他的體溫太高，原來應該是要找體溫冰涼的人，他才能感受到自己的溫暖啊……

「隼人先生？」

「抱歉……借我靠一下。」

他疲憊的閉上眼睛，不知道為什麼竟然覺得內心平靜，不用再像以往那樣渴求女人的身體，這種感覺……很好。

小滿不知道他的心理疾病，還以為他是因為這幾天手術太過勞累，所以才虛脫了。

「對不起。」她忽然開口道歉。

「對不起什麼？」嚴隼人沒有力氣睜開眼睛了，就這樣躺著聽她說。

「我今天不該要你不要治療的。」看著隼人深邃的黑眼圈，他看起來真的是很疲憊的樣子。小滿不禁有點後悔自己早上叫他不要醫治王偉平。「就像我以靈魂回收員的工作為榮一樣，隼人先生一定也是拼了命在完成自己工作。」

「不，妳說的沒錯，那個王偉平的確是個混帳，但我還是幫他動手術了。」

「那是因為你是醫生啊，你只不過是盡你的本分而已。」小滿反省。「我早上

不該拿這件事情怪罪隼人先生的。不管病患是好是壞，這都不是你的錯。病患犯的錯，就應該讓病患自己承擔。」

嚴隼人忽然笑了，小滿覺得這個笑容看起來充滿苦澀。「我只是因為需要錢，所以才救他。就這麼簡單。什麼醫生的本分，我沒有那麼崇高的東西。」

「就算是要錢也沒什麼不對，這本來就是你辛苦應得的代價啊。」小滿抱不平。「大家都只看到你成功的一面而已，卻沒有人知道你在背後付出的努力和心血。」

「是嗎？」他嘴角不自覺勾起微笑。

就算是要錢也沒什麼不對，這本來就是你辛苦應得的代價啊。

從來沒有人這麼對他說過。他們只有在求他醫治時阿諛奉承，或是討價還價。而剩下的人則把他比喻成吸血鬼，或是有錢人的走狗。

第一次有人看到了他的努力。

第一次有人說病患的錯應該他們自己承擔。

第一次有人跟他說這本來就是他應得的。

這個小滿，果然很有趣啊。

嚴隼人心情放鬆，嘴角勾起，過沒多久便沉沉睡去。

怕吵醒他，小滿維持著同一個姿勢不敢亂動。她偷偷在心中向他道歉，她的手

指輕撫著隼人先生緊皺的眉間，想幫他把那些不愉快的疲憊都揉掉。他翻過身，更往她的懷裡靠近些。看起來就像是想要撒嬌一樣。

小滿開心的發現，平常這惡劣霸道的男人，竟然也有像男孩一樣的睡姿。

他不知道做了什麼好夢，嘴角揚起，口中不知道說著什麼夢語。

小滿好奇地將耳朵貼了過去，想聽清楚一些。

「娜娜……」

第五章

陽光在兩人身上流連忘返，他率先醒了過來。

看著身旁熟睡的女人，從棉被露出來的香肩，隨著呼吸起伏，他的記憶也隨之甦醒。昨晚那一夜，該發生的與不該發生的，全部都發生了。兩個人的關係，從陌生人，升格為不那麼陌生的過客。唯一熟悉的，只有彼此的身體，對於對方身家背景仍是一無所知。

他就這樣凝視著她，任憑時光流逝。過了許久，她纖長的睫毛才打開了眼簾。一開始像是甫出生的嬰兒那般，有那麼點茫然無知。當她轉頭看到他的那一霎那，立刻羞紅了臉，拉高身上的棉被，忽然一切都明白了。那失控的記憶如潮水般湧現。

打招呼也不是，不打招呼也不對，尷尬在彼此之間蔓延。

他們背對彼此，狼狽地撿起散落地的衣服，碰觸到衣服觸感時，能清楚記起當初脫去時的情況，血液頓時衝上腦門，讓室內的溫度提高不少。

迅速著裝完畢後，兩人想要粉飾太平，裝作一切都沒發生過。

分別時誰也不說再見，因為都心知肚明不會有再見的一天。就這樣一左一右，重新回到人生的軌道上，交叉過後的線只會漸行漸遠。

就像曇花一現那樣美好的一夜。

本來該是如此。

本來。

那為什麼此刻，他身旁卻是一隻大咬著從王家偷拿飯糰在啃食的傢伙！

剛剛腦海裡想的那些，什麼也沒發生！手術結束後他像死了般昏睡到隔天下午，一醒來就看到一隻玉腿橫壓在自己身上，而腳的主人還不客氣地流著口水，睡得比他還香。

說好的一夜情呢？

說好的臉紅心跳的時刻呢？

說好的事後的尷尬與後悔呢？

身為男人，而且還是健康的男人，再也沒有什麼比跟女人共度一夜卻什麼也沒發生更可恥的事了。有性感祕書挑逗，什麼也沒發生。有無知的小女孩睡在身旁，還是什麼也沒發生。

簡直是恥辱。

坐在副駕駛座的小滿渾然不知道他心中的想法，愉快地享用飯糰。嚴隼人邊開著他的黑色保時捷，越想越嘔氣。

「你看！這飯糰裡面滿滿的都是鮭魚卵欸！」

小滿讚嘆不已，臉上全都是飯粒跟海苔屑。

「唔！還有海膽！」

嚴隼人終於知道跟死人相處最大的困擾了，那就是你沒辦法期待她再噎死一次。

「妳昨晚是不是又用那個噴霧器了？」

「咳咳咳咳……」小滿被嚇到岔氣，隨即堆滿諂媚的笑容。「你……你說什麼啊？……什麼噴霧器啊？……我這輩子都沒見過什麼噴霧器，我才沒有拿那個把你弄昏勒。」

真好懂。

「我剛又沒說妳把我弄昏了。」他揶揄的看著這個根本藏不住心事的傢伙。

「你剛說……」

「我剛是說床頭櫃旁的化妝水。」嚴隼人握著方向盤，好心提醒她。「結果妳自己全招了。」

小滿懊惱的抱著她的小腦袋瓜，她怎麼能生的這般蠢啊！別人一拋餌，自己就被釣上來了。

「我昨天又沒用……」她不滿的嘀咕。

「妳說什麼？」

「沒什麼。」

嚴隼人伸手。「拿來。」

小滿裝傻，將手中吃一半的飯糰遞給他。

「親愛的，妳明知道我在說什麼。」他笑容裡的警告意味濃厚。

「不行啦，噴霧器給你的話，我會被上司罵死。」小滿拼命搖頭，馬尾在後腦勺劇烈晃動。

「把那個東西交給我，或是我直接開車載妳回冥界，妳自己選。」

嗚，這不就是逼她選上司跟隼人先生的笑容哪個比較恐怖嘛。

上司，隼人先生，隼人先生，上司……

像是顏面神經失調的上司從來沒有笑過，有時候會忽然皺眉頭，不發一語死瞪著別人。之前任務失敗的人，就被上司叫去小房間裡開會，而上司自己卻故意在廁所待很久，讓那個人苦等三天三夜，靈魂都削瘦下來。

一句話，陰險。

而隼人先生雖然會笑，但是這笑容看起來壞到骨子裡去。小滿相信他可以一邊剖開你的肚子，然後還一邊跟你閒話家常，可能還不時稱讚你腸子粉嫩的很漂亮之類的，最後縫合回去時才會跟你說因為顏色太美了，他切下來一半腸子保存當紀念了。

一句話，冷血。

「嗯？」他微笑地轉頭看小滿，這笑容只有一個含意。

快把那該死的噴霧器給我。

小滿緊緊抱著肚子，關禁閉可以之後再說，她還想要跟她的腸子廝守一輩子勒。反正先給他，等他晚上睡著時在偷回來就好了嘛。

想通了這點，小滿頓時放寬了心，只是臉上還裝作不甘願的模樣，從包包裡掏出了噴霧器。「好嘛，給你就給你，不過不可以弄不見。」

嚴隼人滿意的接過深藍色瓶罐，他順手打開車戶。

拋、出、去。

「你在做什麼！」小滿放聲大叫，急忙想要搶救，卻被身上的安全帶綁住，只能眼睜睜的看著瓶子以完美的拋物線消失在山裡的草叢中。「快停車！停車！」

她後悔了啦！瓶子跟腸子相比，當然是瓶子比較重要啊！噴霧器要是真的不見了，上司還會留命給她，讓她跟腸子長相廝守嗎？

嚴隼人居然二話不說，真的就將黑色保時捷停下。

小滿解開安全帶，打開車門要衝下去時，卻發現把瓶子丟出去的兇手絲毫沒有動作，手握方向盤，好整以暇地看她。

「你不跟我去找噴霧器嗎？」

「我想想……不了，改天吧。」他的回答彷彿小滿只是在問他要不要去喝杯茶。

「那我自己去找，你等我一下。等我二十分鐘……十分鐘就好。」

「這裡好熱，我回家等妳好了。」嚴隼人的笑容好無辜。

果然！

他剛停車時，她才想說這個姓嚴的傢伙哪可能這麼好心！

小滿恍然大悟，嚴隼人根本就是算準要把她引開，才故意把噴霧器丟出去的！

他們還在下山的途中，四周樹林圍繞，她連東南西北都搞不清楚了，哪可能認得去他家的路。

她瞄了一眼草叢裡，別說是小小的瓶子了，就算是丟屍體都很難找到吧。

小滿內心掙扎了許久，嘟著嘴把車門關上，重新繫上安全帶。

「不是很重要的瓶子嗎？不去撿了？」

怎麼有人有辦法笑的這麼迷人，又如此欠揍？小滿握著剩下的飯糰，很想塞到他那好看嘴裡。

「不撿了，反正那種東西冥界裡多的是，都可以疊成一座山了。」嗚，她說謊啦，那噴霧器超重要的。但是她寧可被上司臭罵也不想讓臭隼人得逞。

「那就好，如果是弄丟這麼重要的東西，我會良心不安的。」

他？良心不安？

剛才明明是他故意丟出去的好不好！

小滿怒咬了一大口飯糰，把氣都出到無辜的食物上頭。

◆

這小妞氣壞了。

不需要是偉大的偵探也看得出來，因為一路上小滿只要看到他，就會把頭撇過去，避開的動作非常明顯。整趟路小滿都用她的馬尾對著他。到現在在等電梯，她的臉頰都還鼓的像花栗鼠一樣。真是太有趣了，看她生氣的可愛模樣，嚴隼人忍的好辛苦才沒笑出來。

小滿不只是生氣他把噴霧器丟掉。

丟了就算了。

不等她也算了。

最過分的是，在她認命放棄尋找後，嚴隼人還故意找各種理由，一下子說要調整椅背的角度，一下子又說想欣賞一下山裡的景色，拖拖拉拉了半個小時才肯把車開走！在這段期間她根本就可以找到噴霧器了！

身為始作俑者的嚴隼人一點都不內疚，反而很享受這寧靜的時刻。甚至還心情很好的哼歌，掏鑰匙。

真是氣死她了！她這輩子都不要跟他講話了啦！

通過了視網膜、指紋、還有聲紋的辨識後，剛打開鐵門就有一個女人衝過來。

「小、滿、兒！什麼時候你也開始學會徹夜不歸了？姊姊我好擔心啊！」

嚴隼人來不及把小滿拉開，只得反射動作擋在她身後，怕她被熊抱撲倒。

就這樣以他為墊背，小滿當夾心，三個人狼狽的撞成一團。

倒在隼人先生懷裡的小滿忽然想起了自己還在生他的氣，把他推開。

「嗚，你變成不良少女了嗎？不工作也不聯絡，整天都人男人廝混再一起。」

小滿才剛離開隼人身邊，又被這個女人抱住。女人身穿與小滿身上相同的白襯衫，頭髮像空姐那樣整齊的紮起來。她滿口如同棄婦那般委屈的控訴。

「上鹹解解？！」

小滿因為臉頰被捏住口齒不清。她口中的「上鹹解解」正用手指不停的戳弄她軟嫩的臉頰。

「以後我就要叫你不良滿了唷。」女人嘴巴講，手上的動作未曾停過。

戳戳戳。

戳戳戳戳戳戳戳。

軟嫩的臉被那個女人當作湯圓，不停的戳戳揉揉。小滿也不反抗，像是早就習以為常，任憑她玩的不亦樂乎。

嚴隼人突然覺得有點礙眼，小滿只有他可以欺負而已，誰都不許碰。

「喂，包包頭，有何指教？」他像玩具被搶走的男孩，伸手抓住小滿的馬尾把她拉到懷裡，不讓她掙扎。

上弦這才注意到小滿身旁的對她充滿敵意的男人，意味深長地盯著他瞧。「你就是嚴隼人吧？你果然像小滿兒報告中說的那樣看的到我們耶。」

……要不是他已經確定小滿真的不是人類了，他肯定會以為又來一個瘋子。

「我家是在冥界變成觀光聖地了嗎？」怎麼隨便誰都可以闖入他家？

嚴隼人覺得自己嘴角在抽搐，等他死掉以後去冥界一定要跟上頭的客訴，好好

索取賠償。

「你在我們哪邊還算滿有名的，畢竟能看到靈魂回收員的人類不多見。」她大方地伸出右手。「你好，我是小滿兒的學姊……」

「我知道。」隼人打斷她。「妳是『上鹹解解』嘛。」他是在嘲笑剛才小滿發音不標準。

「是上弦姊姊啦。」小滿跳出來幫親愛的學姊捍衛名字。

「上弦跟小滿，你們是月亮嗎？」

「取這名字是我們部長的興趣啦。」上弦揮揮手，想把這丟臉的話題揮散掉。

「我覺得我比較會取名字。」隼人挑眉。「對吧，馬尾？」

「我是小滿啦！我還在生氣，請不要跟我講話！」但她現在被嚴隼人抓在懷裡，像是在發脾氣的小貓咪，根本一點氣勢都沒有。

「所以妳是來把這傢伙帶走的嗎？」嚴隼人問道，他的語氣彷彿在指責上弦亂棄養寵物似的。

「很遺憾，不是。」上弦臉上一點遺憾都沒有。

如果她不是要來帶小滿走，不就代表那這種要胸沒胸，要臀沒臀，連女人都稱不上的傢伙要繼續賴在他家，吃他的，用他的，還不時會詛咒他手術失敗嗎？

他不是應該表示一下抗議，然後把他們兩個女人都踢出門，好好享受久違的自由嗎？

那為什麼他心裡……反而鬆了一口氣？

難道他其實是希望小滿能留下來，陪伴自己？

嚴隼人對自己的想法感到驚訝，似乎昨晚過後，他就沒有這麼想趕小滿走了。

「那妳來做什麼？」總不會真的只是來參觀吧。

「雖然我很想跟你解釋我來的原因，但你似乎沒空的樣子呢。」

他還在納悶上弦話中的涵義時，牆壁上懸掛式的對講機就響了。

「嚴先生，這裡是管理室。有一位自稱是您的朋友來訪。」講話的是中年男子的聲音，螢幕中卻顯示一位身穿緊身洋裝的金髮女子。

嚴隼人跟小滿都同時認出她來，她就是前天晚上被嚇走的性感女郎。

「請問是否允許她上樓？」

「不！絕對不准讓她上來！」嚴隼人果斷地拒絕。「我立刻下去。」

丟下一句：「妳們要是把我家拆了，我就去冥界一把火燒了你們的辦公室。」

嚴隼人抓了外套就出門。

小滿愣在原處，這個做事慵懶，完全憑藉心情做決定的隼人，竟然連一點猶豫

都沒有，二話不說的就下樓了。

可見那女人在他心中有多重要。而且他還像怕她被小滿她們欺負似的，寧可自己下去，也不讓她上來。

小滿心裡酸酸的，說不出來是甚麼滋味。

「不可以唷。」上弦沒頭沒尾的說出這句話。

「不可以什麼？」

「可愛的小滿兒不可以愛上他喔。」她雖然微笑，卻絲毫沒留商量餘地。

小滿跳起來，驚嚇程度一百。「我我我……我怎麼可能喜歡那個惡魔！」

「喔？但是我看妳剛才一臉失落又吃醋的樣子。還以為妳愛慘嚴隼人了。」上弦一臉笑的像是女同學之間在聊八卦，努力逼問。

「才不喜歡他呢！隼人先生對我最壞了，只會欺負我而已！」沒錯，他都只會欺負他，還巴不得把她趕走，是她自己厚臉皮一直賴在這裡。

他對她的態度，和對那女人的態度完全不一樣。

「喔？」上弦將尾音拉高，一副「我才不相信妳」的模樣。

「真的啦，他喜歡的人是剛剛樓下那個漂亮的美女。」

「反正妳絕對，絕對不可以愛上他。」上弦溫柔的提醒，聽起來像在嘆氣。

「上弦姐姐妳別擔心啦，我最討厭他了！」小滿慷慨激昂的宣示。

「那就好，別忘了妳只是來出任務，距離回收期限也只剩沒幾天了。妳是我最心愛的小滿兒，我不希望妳任務失敗備受懲罰。」上弦抱著她，呢喃著。「別忘了，靈魂回收員是自殺的人必須償還的罪啊。」

小滿沒發現自己的頭又慢慢低了下去。

反正隼人先生也不會喜歡上自己的，她對他而言就只是個麻煩而已。

她不是早就知道了嗎？嚴隼人心裡有別的女人，連睡夢中都念念不忘，呼喚著對方的名字。那名字可比小滿這兩個字好聽多了。

「他喜歡的人，叫做娜娜。」

◆

她叫什麼名字啊？凱莉？喬安娜？還是安琪拉？

嚴隼人壓根想不起她的名字，應該說他從一開始就沒搞懂過。

雖然不曉得為什麼她又跑來，但是別開玩笑了，他死都不會讓她上樓的。上次這女人光一個小滿就嚇得逃走了，現在多加一個「上弦姐姐」還得了。再說，他可沒有厲害到能同時應付三個女人……更正，是一個女人外加兩隻女幽魂之類的東西。

他頭痛的下樓，電梯門一開，就看到性感女郎在跟管理員爭執。

「你剛不是通報過了嗎？現在還擋在這邊不讓我過去是什麼意思？」

「真的很抱歉，但嚴先生交代請您在這邊稍候。」

「就跟你說我是嚴先生的女朋友了！」

他哪時跟她交往了？嚴隼人下樓來正好聽到這句話，忍不住挑眉。

「就算是女朋友，也請您在這邊稍候。」管理員口氣不卑不吭，絲毫沒有要退讓的意思。

「你！」性感女郎見管理員擺明不相信她的身分，惱羞成怒想要摑掌，手才舉起來就被一雙更有力的手握住。

「安琪拉，不要為難管理員。」嚴隼人臉上掛著笑容，手上的力道卻沒減弱。

原本盛氣凌人的她，一看到來的人，立刻氣焰削弱，從母老虎瞬間變成無害的幼貓，神情尷尬。「人家是潔西卡啦……」

原來不是叫安琪拉啊。管理員不愧是高手，喜形不於色，完全猜不透他有沒有在心裡偷笑。

「怎麼了呢？親愛的。」他決定以後女伴都一律這樣稱呼了，省掉記名字的麻煩。

「嚴醫生……他剛才故意把我擋在這邊，都不讓我過去。」趕緊把責任都推到

管理員身上，為自己的行為脫罪。

「我知道，別跟他計較，會氣壞自己的，嗯？」嚴隼人表面上在安慰她，其實卻是看著管理員說的。

抱歉，我立刻把這瘋女人趕走。

管理員面無表情的點頭，兩個男人達成共識。只有性感女郎渾然不知，還以為他在幫自己說話，高興得心花怒放。

「有事？」他們原本就是在酒吧認識的，連認識也稱不上。上次不過就是場妳情我願的一夜情對象，不用負責任，誰也不需要有壓力。只是現在不知她為何又跑回來。

「我是來還你外套的。還有上次走的太匆忙，人家還有些沒講完的「話」想跟你說。」潔西卡嬌聲嬌氣地貼到嚴隼人身上。穿著的鮮豔平口佯裝，如願地露出兩顆雄偉的上半圓球，勾引的意圖非常明顯。

嚴隼人怎麼會不知道她在想什麼，無非是回去後冷靜下來，才覺得放掉他這個黃金單身漢太可惜了。再加上上次小滿的那件事情，讓她誤以為他腦袋有問題，會看到幻覺。有缺陷的帥哥相對競爭者就少，她一定認為只要適度的表現出她的體貼跟關懷，他會很容易迷戀上她吧。

通常對於這種自動送上口的肥羊，他沒什麼理由好拒絕的。

只可惜現在時機不對。

「親愛的，有什麼話下次再說吧。」他送給她一個迷人的笑容，就想把她打發走。「晚安了。」別鬧了，上頭還有那兩隻冥界來的傢伙，他現在哪有心情跟女人出去啊。才下樓不過十分鐘，他腦海裡已經浮現出小滿為了泡茶給上弦喝，結果廚房燒起來的畫面了。

「嚴醫生，請等一下嘛。」性感女郎抓著他不放。嚴隼人覺得自己嘴角在抽搐，這女人是聽不懂中文還是不會看臉色。

「還有什麼事情嗎？」他連「親愛的」這三個字都懶得加了，不耐煩全寫在臉上。再不回去的話，火勢都要蔓延到客廳了。

「我有很重要的話要跟你說……我有『工作』要委託你。」她趕緊解釋。

「工作？」嚴隼人挑眉。他當然不會傻到到處向人宣傳自己是無照密醫的事情，對外如果別人問起職業時，也是一句「醫生」就輕描淡寫的帶過，連是獸醫還是牙醫都沒解釋。而這個女人不過是一夜情的對象，怎麼可能和他的工作牽扯上關係？

「對方是法官的女兒，你不會拒絕幫她看病吧？」

「你從哪裡得知的？」

「是古醫生告訴我的。」聽到這個名字，嚴隼人何止嘴角抽搐，連拳頭都爆青筋了！

那個混帳！誰要他多嘴了！

偏偏那個性古的傢伙，就是他的損友兼心理醫生。他暗自決定要是那混帳現在出現在他眼前，絕對會先一拳揍過去再說！反正先揍個半死，他再幫他動手術就好了。

「聽說嚴醫生是天才外科醫生，一定要你才可以醫治。」

「……哪時要過去？」嚴隼人認了，雖然他很想趕回去，但是有錢賺的工作他是不會推辭的。

「現在！」

◆

他就這樣莫名其妙的被帶上車了，一路上潔西卡的心情似乎很愉快，完全不像是為生病的朋友擔心的模樣。嚴隼人可就笑不出來了，他已經不敢想他家會變成什麼模樣了，就連他家還在不在本身都是個問題。

由於說好只是先看診，再判斷是否動手術，所以他連用具都沒拿，甚至也沒告知小滿一聲就匆匆出發了。這讓他內心有一股說不出的煩躁。甚至還為了自己擅自

離開而有一點良心不安？

不知道她跟上弦聊了什麼？不知道她吃飯沒？不知道她有沒有被上司責罵？

雖然上弦說過沒有打算帶她回去，雖然似乎暫時是不用擔心了。但小滿呢？她自己會不會想要離開呢？畢竟在他這裡根本不可能有機會回收靈魂。

想到這，他就很想要叫性感女郎立刻掉頭送他回去。

但他還是為了錢強忍了下來，任憑她開車，來到市區中心的飯店。

嚴隼人認出了眼前這棟充滿現代感的建築物，並不感到意外。很多政商名人通常怕身分被發現，會選擇家以外的地方就醫。就像先前王允中也是如此。只是這麼明目張膽的選在人來人往的飯店，他還是頭一次遇到。

他們停好了車之後，潔西卡領著他來到最高層的總統套房。他才正納悶她怎麼會有房卡時，一關上房門，性感女郎就迫不及待，就在玄關就開始扒他的衣服。

「這怎麼回事？」他抓住她正準備要解開他襯衫鈕扣的雙手，質問道。「病患在哪裡？」

「你不是答應要幫法官的女兒看病嗎？」潔西卡不滿的嬌嗔，像是在怪罪他明知故問。

「我是答應要幫法官的女兒看病沒錯，但不是妳……」嚴隼人只覺得頭痛，現

在到底是什麼情況？他努力回想他們在酒吧裡認識的情況。

……好吧，她好像曾經有說過她是法官的女兒。

潔西卡抓起他的手，就往她豐滿的胸部上貼去。「你看人家心跳這麼快，一定是生病了，你快點幫人家治療。」她嬌喘著氣，一臉等不及的模樣。

嚴隼人不自覺地回想起昨天早上誤觸小滿胸前的觸感，跟那個相比，眼前的脂肪球才能稱得之為「胸部」。但不知為什麼，他竟然覺得小巧一點的也沒什麼不好。

「我想妳可能誤會了，我今天的確是為了看病才來的，如果沒有病患的話，那我就要回去了。」他可能也病了，比起眼前這自動送上門的美女，他卻比較想回去找那個只會吃不停的馬尾女。

「我就是病患啊。」他都講的這麼明白了，潔西卡顯然還聽不懂他的意思，又自己貼了上來。這次轉移目標想要脫他的褲子。

「我要回去了。」嚴隼人拍開她的手就要離去，沒想到她卻忽然笑了出來。

「你果然和古醫生說的一樣，真容易害羞呢。」

聽到這名字，他停下腳步，轉身逼近她，潔西卡不由自主的向後退。「那傢伙說了什麼？」嚴隼人用手撐住牆壁，擋住她的退路。

「你……你不要生氣嘛，因為上次你忽然自言自語，所以我才會去找古醫生聊。

然後他說你手術完都會覺得寂寞，所以要我多陪陪你。古醫生說如果你不肯出門，只要跟你說有人要動手術就好了……」

潔西卡不敢講自己是因為捨不得放過這種優質男，所以跑去找當時一起認識的古醫生問他嚴隼人的事情，想要一舉攻略他。

他瞇起眼睛。「還有？」

「他還說你如果看起來在生氣，那就代表其實你是在害羞，要我多主動一點。」

他？嚴隼人？害羞？

那傢伙根本就只是想看他被耍的模樣而已吧！姓古的現在一定在家自己喝酒，慶祝計畫成功。嚴隼人心中計算著把人的頭扭斷，再手術接回去成功的機率。

「所以你是真的在生氣嗎？」這樣子像是害羞嗎？怎麼跟古醫生說得不太一樣？潔西卡怯怯地看著嚴隼人臭著臉，一副準備要把人剝皮的樣子。

嚴隼人怒極反笑，心中想好了主意。主動伸手攬住她的水蛇腰。「親愛的，一想到妳這麼為我著想，我高興都來不及了，又怎麼捨得生妳的氣呢？」

「你剛剛的樣子嚇死我了。」潔西卡撒嬌的貼到他的胸膛，在結實的胸肌上畫圓圈。「不過真羨慕你跟古醫生的感情這麼好，人家也好想要這麼了解你喔。」這句話簡單來說，就是在暗示自己有多想當他「特別的人」。

「雖然他很關心我，但我常覺得不太了解他……」他故意嘆口氣裝作苦惱的樣子，果然成功引起她的注意。

「古醫生怎麼了嗎？」

「他常約我出去，但看到我和女孩子在一起，又會擺一張臭臉。像今天他故意鼓勵你來找我，待會一定又會莫名其妙地發脾氣……真搞不懂那傢伙在想什麼。」

女人對這種八卦消息最敏感了，只要嗅到一絲的不對勁，人人都可以是名偵探！

「他一定是喜歡你！」潔西卡百分之百肯定。

上鉤了。

這樣一來只要古司謙被當作是同性戀的消息傳開，以後那傢伙都不用上酒吧把妹了。

他心中暗自得意，但還是裝作震驚的樣子，極力否認。「不會吧，我們從大學時代就認識了，而且他都是找女生約會啊。」

「那是障眼法啦，古醫生都吃醋這麼明顯了，他一定是偷偷暗戀你。」呵呵，禁忌之戀啊。光想像兩個帥哥抱在一起，潔西卡就覺得那畫面一定超養眼。

聽到這句話，房間裡忽然傳出「噗嗤」的笑聲。

嚴隼人頭忽然又痛了起來，這橋段怎麼似乎很眼熟。

「可惜我只喜歡女人，只好跟他說抱歉了。」嚴隼人拉著她手貼在自己的腰上。「抱我。」他命令。

潔西卡開心的順勢將手順著他背部結實的曲線往下摸，隔著布料卻在牛仔褲後頭摸到凸起的東西。她從他口袋中掏出了一罐像是化妝水的藍色瓶子。

「這是什麼瓶子……」話還沒說完，嚴隼人按了噴霧鈕，她一陣暈眩，就這樣昏迷過去了。

這是當初嚴隼人從小滿手中搶過來的瓶子，他騙她已經丟出車窗外，但其實他當初丟出去的是他離開王允中家前，從桌上摸來的那罐化妝水，而真實的噴霧器則是被他偷藏了起來。

這是個拙劣的騙人手法，但人類的大腦通常會自動將眼前所見的事情串聯起來，做合理的推斷。因此絕大部分的人都會直覺性的認為丟出去的東西，就是他搶過來的東西。

別被騙了，全身上下最不可信任的東西就是你的大腦。

他把玩著從她手中接過的噴霧器，想起了古司謙曾經說過的話，雖然他極度不甘願，卻不得不承認這理論非常受用。

「那罐是小滿兒的東西吧。」房間裡的女聲聽起來慵懶而遙遠，似乎完全沒有

要走過來的意思，卻清楚猜到了門廊這邊發生的事情，彷彿她就在身旁窺視似的。

嚴隼人將掉落在地上的飯店門卡插入了總電源的控制處，瞬間房間裡都點亮了起來，空調也順利運轉。

他邁步朝裡面走去，只見一個女子大辣辣地橫躺在國王尺寸加大的雙人床上，還擅自穿上飯店附贈的了白色浴袍，絲毫不覺得愧疚。

而這張臉嚴隼人不會錯認的，前幾分鐘前他們才剛分別。

是上弦。

「你們請繼續啊，不要理我。」她一副看好戲的模樣看著他。

「有何指教？『上鹹姐姐』。」

「真沒禮貌，我哪裡像那個女人了？」床上那與上弦有著相同臉孔的女子懶洋洋地翻過身子，她完全沒有要坐起來的打算，仍舊是躺著與他對話。不像上弦那樣挽成髮髻，一頭波浪的長髮散落在床上。

的確，與上弦給人的陽光開朗個性明顯不同，眼前的女子既陰暗又嫵媚，慵懶又危險。雖然長得一模一樣，氣質卻天差地遠。

「又來一個冥界什麼鬼的使者嗎？」

「我是下弦。」她說。嚴隼人知道她不是要跟他打招呼，只是自顧的自我介紹，

陳述事實。

他挑眉。「雙胞胎？」

「是，也不是。」纖長的玉腿露了出來，她也絲毫沒有要遮掩的意思。「我和上弦雖然是雙胞胎，卻是共用同一個身體。所以說你見過這副身體，卻沒見過我。」

這不就是一般所謂的人格分裂嗎？嚴隼人才這麼想，就看到她笑了出來，塗了鮮紅指甲的手指輕掩著嘴唇。

「是雙胞胎唷。」她又強調了一次。

嚴隼人不再與她爭論身分的問題，逕自坐到落地窗旁的沙發，穿著鞋子的大腳豪不客氣的跨到床緣。「說吧，你來這裡是有什麼事要跟我說，而且還不能讓小滿知道的？」稍早他才與上弦見過面，看來現在她是刻意避開小滿來找他談話。如果她們真的是同一個人的話，那就代表現在小滿是自己一個人在家了。

「我喜歡跟聰明的人談話。」自稱是下弦的女子勾起微笑。「是這樣的——我們想請你殺個人。」

這女人的笑容，完全沒有溫度。

「我是醫生，殺人不是我的專長。」他不會主張自己的使命是救人，只是對於沒有好處的事情毫不考慮，直接回絕。

「我知道。」下弦嬌豔笑道，果真與原本上弦清純的模樣相去甚甚遠，簡直像是換了個人似的。「只是想請你對病患『不救』而已，你不救的話，對方不就死定了嗎？」

還真看得起他啊。「不好意思，把人醫死也不是我的專長。」嚴隼人皮笑肉不笑。

「請把這視為冥界的正式請求：『下一個病患不要醫治，把靈魂讓給小滿帶走』。」她懶洋洋地躺在床上提出正式請求，看起來一點說服力都沒有。「反正你不是一直很想把小滿兒趕走嗎？她完成任務後就會離開了，你們永遠都不會再見面。一舉兩得。」

聽到永遠這個詞，他眉頭皺了一下。

「現在不想了。」

「喔？」聽到有趣的事情，下弦興意盎然的抬起頭。「你愛上我們家小滿兒了嗎？」

「就算是寵物養久了，也會有感情的。」嚴隼人拒絕回答那個問題。

「有什麼好不敢承認的。」她笑道。

「當初可是冥界先不讓小滿回去的，哪有現在討人就讓給妳的道理。」

「就算你想留她也是不可能的。」她好心提醒。「別忘了她已經是死去的人了。」

她已經死了。

嚴隼人心裡一緊。或許是跟她相處太自然了，他常會忘記這件事情。她已經永遠不會存活於這個世界上了，雖然不知道她自殺的理由，但只要她現在過得開心就好了。

「你明白了吧，只有冥界才是屬於她的地方。」

他呼出一口氣。「如果你們真的那麼想幫助她回收靈魂，不用一定要從我這裡下手吧？在我們談話的這當下，全世界就不知道有多少人死掉，靈魂要多少有多少。」

「讓我們欠你人情，總比你欠我們的好。」她避開了他的疑問，直接挑明了其中的利害關係。

「冥界不惜欠我人情，也要幫那傢伙？」

嚴隼人想不透，小滿再怎麼說都不過是個菜鳥，有必要這麼大費周章還派人來說服他嗎？

「你不懂的，小滿兒是特別的……她是我們大家的妹妹，更是我們的希望。」下弦微笑，不打算再作解釋。「總之，這件事情就麻煩你了。」

「辦不到。」他還是這句話。作為醫生，他也有不可打破的原則。

「你遲早會答應的，當然是希望你越早醒悟對我們彼此都好。如果你真的在乎小滿的話，就不該拒絕我們。」她話中有話，漫不經心玩弄她的捲髮，一手打開了飯店的電視。「好啦，你得走了，既然我說服你的任務失敗了，那我就不知道上頭還會不會派人去帶小滿回來，你現在趕回去的話說不定還能見她最後一面。」

「什麼？」嚴隼人瞪她，剛才不是才說任務完成前都得留在人間嗎？怎麼現在又說要帶她走了。

這女人說話反反覆覆的，到底是怎麼樣？

他也不懂這什麼心情，但他只明白一件事情——留住小滿，不能讓她走。

嚴隼人抓了外套，急忙飛奔回去。

下弦搬了顆枕頭墊在腦袋後面，對於躺在走廊地上那位叫做安琪拉還是潔西卡的女人視若無睹。調整了舒服的姿勢看電視。忽然想起什麼有趣的事情，吃吃地笑著。

「哎呀呀，這哪裡像是對待寵物了，我看不是挺擔心的嗎？」

第六章

一離開飯店他就攔了計程車火速趕了回來。

「馬尾女！」嚴隼人碰一聲踹開門，原本該是明亮的房子現在卻漆黑一片，半點聲音也沒有。

他瞪著空曠無人的房子，彷彿自始自終都只有他一個人存在過似的。而冥界的靈魂回收員什麼的，全部都是他幻想出來的故事罷了。

他頭痛欲裂，已經搞不清楚什麼是真什麼是假了。

他耳邊彷彿還能聽到小滿用軟軟的嗓音喊著「隼人先生」……

隼人先生，以後你負責治療別人，失敗的話我幫你回收靈魂。我們會是最佳拍檔！

隼人先生，這餅乾好好吃噢！這怎麼能這麼好吃？魔法嗎？還是奇蹟？

就算是要錢也沒什麼不對，這本來就是隼人先生辛苦應得的代價啊。大家都只看到你成功的一面而已，卻沒有人知道你在背後付出的努力和心血。

她左一句隼人先生，右一句隼人先生的，像是剛出生的小雛鳥那樣，一直糾纏他不放。

他坐倒在落地窗前的黑色皮椅上，這三天的記憶還是如此鮮明。他幾乎都能想像她滿嘴食物的俏皮模樣，還有她看鬼片慘叫的模樣，還有她生氣鼓鼓像花栗鼠用手捶打自己的模樣。甚至他此刻閉上眼睛，彷彿還能聞到空氣中殘留她身上那股清淡的水果香……明明這一切原本都是這麼的真實，但是現在這一切都消失了，支字片語都沒留下。

她到底去哪了呢？

是真的被帶回冥界了嗎？

冥界在哪裡？

他更不可能為了找她而自殺。下弦曾說過如果她回去了，那他們永遠都見不到面。難道除非真的要等他死後才能知道真相嗎？那這幾天的相處又算什麼？

還是這一切都只是他本身太寂寞，所幻想出來的人物呢？

就算小滿是真的存在過好了，又有誰能證明呢？金髮的潔西卡和暴發戶王允中他們，沒有任何人看的到她，在他們眼中，自己一直是一個人自言自語的。

雖然上弦有出現過，但同樣的也沒有任何人能證明她自身的存在。剛才在飯店，

潔西卡很明顯地就聽不到下弦的笑聲。

難道這真的都是他幻想出來出來的人物嗎？

嚴隼人看著落地窗外的車水馬龍。同樣的景色每天看來都大同小異，以往他也是這樣自己過生活。從小滿出現到現在也不過才三天，他就已經無法忍受這樣的沉寂了。如果身邊的人都要這樣離他而去，那還不如一開始就別出現的好……

他手機的顯示響起，打斷了他的思緒。

「嗨，顫抖的毛病好點沒。」一接通，對方劈頭就丟下問句。表面上看似在關心他，只有嚴隼人心知肚明這傢伙是打來消遣他的……因為就是這個人慫恿那個潔西卡來煩他的！

這個人就是他那批著溫文儒雅的人皮，骨子裡都是壞水的心理醫生，古司謙。

「……你怎麼還沒死？」

「因為我還得替你收屍啊。」電話那頭傳來笑聲，話題一轉。「聽說你拒絕了金髮姑娘？」

「對。」

「人家現在哭的可傷心了，她父親甚至還想教唆檢察官向你提告。」

「這還不都是你惹出來的！」

「別在意這種小事，我這是在為你著想。」古司謙毫無反省的意思。「我怕你一個人關在家裡發抖哭泣，寂寞又沒人陪。」

「這麼說來我反而還欠你一個人情了？」

「不客氣。」

「所以你專程打來就是為了提醒我這個？」嚴隼人沒好氣道。

「一部分是。另外我要問你，你是找到了別的人暖床，還是發抖的症狀減緩了？」古司謙看似隨口問道，其實也是在追蹤他的病情。

找到了別的人暖床嗎？

一聽到他提的問題，嚴隼人立刻想起小滿。

這兩天的手術照理來說他的過敏症應該早早就發作了，撇開第一晚小滿是用噴霧器讓他昏迷不談。實際上昨晚在王允中的別墅裡時是有出現症狀，但後來在小滿的安撫下竟然奇蹟似的逐漸平靜下來，他難得可以這樣輕易的好眠。而今天一整天下來，也沒有在發作過。

「應該是症狀有減緩了，至少這兩次手術後都只有短暫發作一下。」嚴隼人不知道該怎麼回答。他的病好轉一定跟小滿脫不了關係，但如今她已經不在身邊了，他甚至不知道這輩子還有沒有機會能見到她。

「最近有發生什麼事情嗎？」心理醫生只相信是出必有因，心理影響的生理反應不會無緣無故就變好，一定是有變故影響了患者的心境。

小滿。

他脫口而出。「如果說我看得見別人都看不見的人，該怎麼辦？」

「幻覺？」

「如果不是幻覺呢？我是指以科學的角度來看，這有可能嗎？」嚴隼人問了一個自己也覺得愚蠢的問題，假使別人都看不到，那肯定就是他自己的問題了。心理醫生一定很常遇到這種妄想症的病患，這裡面哪一個人不是相信他真的看到了？

「算了，可能最近是我太累了」

沒想到古司謙卻沒有取笑他，嚴肅的回答。「這也不是不可能的。你指的是別人沒注意到她，還是她出現在別人面前有無人能看見？」

「沒有人能看見。」

「那聲音呢？你看見的那個『人』有講過話嗎？」

「有，但同樣沒人能聽見。」講完後，反倒是他自己笑了。「身為心理醫生竟然相信病患的幻覺是真的，這樣好嗎？」

「就是因為看過太多實際上無法用科學解釋的案例，所以才沒辦法否定你。例

如在新幾內亞有個五歲的孩子號稱看到別人都看不到的『姊姊』，還因此學會了他們家都沒有人會的西班牙話。類似這樣的案例不勝枚舉。」他停頓了一下。「科學無法解釋得東西並不代表不合理，只是我們太無知罷了。所以在無法證實的情況下，沒有人能肯定你看到的一定是幻覺，也不無可能那實際存在。所以我才必須問詳細一點來加以判斷。」

「是這樣嗎？」

所以這麼說，小滿確實有可能存在囉？

但就算她存在又如何？他可不知道去冥界的辦法。

「你要跟我聊聊你的幻覺嗎？」

「……算了，下次吧。」他現在還沒有心情提起她的事情。

古司謙也不急著追問。「這麼多年來第一次聽到你症狀減緩。找個時間再來我這裡一下吧，幫你做個簡單測試。」他聲音變得嚴肅。「我怕這次只是暫時壓抑下來，之後發作起來會更劇烈。」

「嗯，謝啦。」

那傢伙雖然嘴巴毒辣，但他不得不佩服古司謙在心理學領域上的成就。

嚴隼人抬頭看他牆上掛滿的人體結構圖。他與古司謙倆人在不同領域上各自被

吹捧為天才，在某些心境上比較能互相了解。因此才會成為朋友。

他視線從牆壁上而下逐一掃視他的醫學書籍，忽然間，他看到了什麼！

不……應該說他看不到了什麼！

嚴隼人非常肯定那東西原先擺放在這位置，百分百確定。但現在卻不翼而飛，顯然是有人搬動過。

既然不是他移動，那就只有可能是小滿了！

他倏地站起來。「抱歉，我先掛了。下次在跟你說吧。」說完就急忙掛上電話，在房子裡四處尋找。

最後來到緊閉的房間門前，他忽然又停下動作。

要是裡面沒人呢？

要是這真的只是幻覺一場呢？

要是小滿根本從來不床存在於這個世界上……

他甩頭，吸一口氣拉開門把。

「啊！」

「小滿！」

嚴隼人聽到慘叫，立刻衝進陰暗的房間，只見一個骷髏頭坐在床上……

而且正在看鬼片？

一個骷髏頭在看鬼片？

聽到聲音，骷髏頭轉頭過來「看」他。

……

他默默地走過去拔掉電視插頭，然後把房間燈全部打開。

「隼人先生，不要開燈啦，會破壞氣氛。」小滿的小腦袋從棉被裡探出來，一開口就向他抱怨。

「妳為什麼還在這裡？下弦不是說妳被帶回冥界了嗎？」嚴隼人難以置信地瞪著眼前這位抱著骷髏頭的女人。

「咦？沒有啊，我還被警告說任務沒有達成就別想回冥界咧。」她偏頭微笑。

他忽然能感受額頭上青筋暴出來。

簡單來說，他被耍了！

今晚先是被古司謙的「好意」耍了一回，然後又被下弦的「有趣」耍了第二次。

這兩個人的帳他都記住了，總有一天叫他們血債血還！

害他剛在樓下百感交集，沒想到原來小滿自始自終都沒離開過他家！只是他先被下弦誤導，所以先入為主地認為她回去了。再加上房間的隔音設備真的做得太好

了，所以他才一直沒有察覺有人在屋子裡。

而他剛在懷疑是看到幻覺煩惱不已時，這傢伙竟然悠哉地躺在他的床上看鬼片！

他忽然覺得剛才自己擔心的樣子像蠢蛋似的。本來再次見面應該要有的喜悅，現在都沒了。

她哪裡像要為冥界的樣子了！她根本把這裡當成自己的窩準備要定居下來了。嚴隼人頭痛的看著滿床的零食餅乾，發現這傢伙對人界完全沒有水土不服的問題，根本待得很樂。

「零食不要丟滿床，還有妳果汁放在床上很容易打翻！」他是更年期的老媽子嗎！為什麼現在像是在管教女兒的感覺？

「不會打翻啦，我都有在小心。」這個信誓旦旦的傢伙完全忘了昨晚在王允中家裡打翻餅乾的事情了。

「還有為什麼我的骷髏頭會出現在這裡？」他瞪著他原先擺放在樓下的骨骼模型標本，竟然被抱來他床上。

他剛就是找不到這東西，才確定小滿他們不是幻覺。因為他是絕對不會無聊到去搬動這個笨骷髏的。

「噢，」小滿勾起嘴角，靈活的大眼鼓溜的轉動。「因為一個人看鬼片很恐怖嘛，所以我就請骷髏先生來陪我看。」

他實在太熟悉小滿這笑容了，她每次心虛都會這樣笑。「那麼現在骷髏先生說他累了，請把他抱回原位。」他是在跟五歲小孩講話嗎？

「骷髏先生才沒有這樣說。」

嚴隼人懶得跟她爭論，對付電視寶寶的方法，向來只有一種。他抓起遙控器，直接關掉電視。

「不行啦！現在演到正精彩的地方耶。剛剛那個被男友害死的前女友，那個女的變成惡鬼，才剛附身在他的新歡身上，正要復仇。」

他翻白眼，連續累了兩天，現在他只想倒在床上三秒內昏迷，根本懶的理會這種低成本鬼片的劇情。但是放眼望去他的床在哪裡？上面全被堆滿東西，光這骷髏頭就佔了一半空間。

他直接伸手就要拿走骨骼標本，小滿卻死命抱住不放。

「嗚，你不能拆散我們。」她開始假哭，假哭到後來還真的擤鼻涕，哭得有模有樣。嚴隼人覺得自己像是拆散這對情侶的壞婆婆。

「妳不要亂動，等等打翻果汁！」

結果話還沒說完悲劇就發生了，兩人拉扯間，她果不其然的弄倒了放在一旁的柳橙汁。

「啊，我的白襯衫！」

「重點是我的床單吧！」嚴隼人敲她的頭。早就警告她要放好了，現在出事情他一點都——不、意、外。

灰色的床罩上形成了一個明顯的黃色印記，看起來就像是尿床的圖案。而她那一直穿在身上的白襯衫被果汁弄濕了一大半，完全沒有電影裡那種引人遐想的若隱若現。看起來只像是沾滿顏料的小屁孩。

他一把公主抱起了小滿，直向外走。

「你要帶我去哪裡啊？救命啊！」小滿放聲大叫，剛電影裡的女主角也是被男主角這樣抱著，然後就被對方從頂樓摔下去，偽裝成自殺了。

之前隼人先生好像才說過要把她從樓上丟下去。小滿相信他絕對說的出口就做的到，可能丟下去的時候還會笑著跟她說掰掰。

「救命啊！」她尖叫聲尾音還沒結束，就被自由落體的丟進浴缸裡。

「欸？」原來是抓她來浴室啊。

「妳現在有兩條路：自己洗，或是我幫妳洗。」嚴隼人皮笑肉不笑的，今天被

折騰了一整天，他只想趕快把這隻麻煩鬼還有床上那些東西收拾乾淨，然後睡覺！

「我們靈魂回收員不用洗澡啦，你看。」小滿伸手把身上的柳橙汁拍掉。「看吧，兩三下就乾淨溜溜，啊！你在做什麼啦！」猝不及防，她被高掛的蓮蓬頭淋了個全濕。

她趕緊把水關掉，比落水狗看起來還要狼狽。卻看到打開水龍頭的兇手毫無歉意地站在一旁，自逕開始脫衣服。

「你……你幹嘛脫衣服啦！」

「幫妳洗澡。」嚴隼人邊說，手上動作也沒閒下來。「妳剛來到人界一定對一切都還很不熟悉吧，說不定連肥皂都不知道該怎麼使用，上弦不是要我好好協助妳嗎？」

「這跟你脫衣服有什麼關係！」小滿哇哇大叫，懷疑他根本就是喜歡看她窘迫的樣子！

「既然要洗就一起洗比較有效率。」

這男人說的出口，絕對就敢這麼做。

他迅速把上衣脫掉，露出精實的上半身。小滿一時間看傻了，整個人愣在那邊。

「在等我幫妳脫衣服嗎？親愛的。」他好笑的調侃。

「我自己洗！」小滿濕漉漉的跳出浴缸，慌張地把嚴隼人推出浴室。

碰！浴室門被關上，還從裡面反鎖。

他撫額偷笑。他似乎越來越了解她的脾氣了。

◆

小滿滿肚子委屈的窩在浴缸裡。臭隼人跟娜娜約會完後就跑來從東邊管到西邊，也不問她過得好不好就把她看到一半的電視關掉。

他幹嘛這麼早回來啦，多約會久一點，她的鬼片就能看完了。她匆匆抓了肥皂換抹，想要快點洗好趕上鬼片的結局。快速洗好澡後，她發現了嚴隼人貼心地幫她事先準備好的家居服，由於是男生的款式，所以穿在她身上顯得過大。如果只有男生的衣服，代表沒有女生住在這裡對吧？

小滿嗅了嗅衣服上的味道，不知道是哪個牌子的洗衣精，聞起來非常好聞。

她一抬頭，看著浴室裡沾滿霧氣的鏡子。

小滿兒最可愛了。

她想起了上弦姐姐說過的話。姊姊她們總說她可愛，但是她其實一直不知道自己的長甚麼樣子。

小滿伸出手，緩緩抹掉玻璃上的水珠，映出來的是整間空曠的浴室——而裡頭

沒有她。

如果她看不到自己，又怎麼能肯定自己真的存在呢？

她頭抵著鏡子。

隼人先生是這個世界上唯一能看到她的人類，只有他在身旁，她才有活在世界上的感覺。

不得不承認，雖然她賭氣的這樣想說嚴隼人晚點回來就好。但其實看到他才出去一下就急忙趕回來，心裡還是有點高興的。

她重新抬起頭，這麼消沉一點都不像她了，要振作振作。

小滿用手拍了自己臉頰，重新提起精神走出浴室。

◆

好了，解決完麻煩製造者後，現在要面對真正混亂了。

嚴隼人前腳才剛踏進房間裡，後腳就想出去了。

他的房間裡根本就是戰場！

戰亡的零食餅乾包裝四散在床上，而鋁箔噴出的柳橙汁血液沾滿床上，再加上一隻被俘虜來的骷髏頭。

他深深的吸一口氣，原來養女兒就是這種感覺嗎？

忍住把那傢伙從浴室裡抓出來收拾的衝動。要是真讓小滿來收，他怕他房間只會從戰場變成世界末日，越來越混亂而已。

他衝到儲藏室，翻出特大塑膠袋把床上所有垃圾還有骷髏頭全部都掃進去。還得把床單拆下來換上新，東奔西跑的忙了半天，好不容易才大功告成，讓他的房間稍微恢復原本的模樣。

「哇！好乾淨喔！」剛洗好澡的小滿渾身沐浴乳香味，蹦蹦跳跳的跑進來。「看不出來隼人先生這麼會整理。」

「你最沒資格這麼說！」

聽到她的稱讚更讓他火大，也不想想這混亂是誰製造的！

她完全後知後覺，沒察覺到對方的怒火。自顧自的打開電視。「希望剛剛那齣還沒演完。」為了趕上結局，她可是只花了三分鐘就完成了「沖水——肥皂——沖水」的流程，比當兵的戰鬥澡還有效率！

現在演到男主角最後發現心愛的女友被以前的情人附身，陷入兩難。要是強制驅魔的話女友也會有生命危險，但是不驅魔的話又會讓女鬼一直附身在她身上。

「當然不可以驅魔啊，這樣她也會死掉耶。都是你這個負心漢的錯啦，誰叫你一開始要腳踏兩條船……啊！」小滿越看越緊張，正看的熱血沸騰時，伸手在旁邊

亂抓來擋。結果她找不到骷髏先生，就隨便抓了個東西湊合著抱。那個東西，好巧不巧就叫做「嚴隼人」。

敢情她是把他當作了骷髏頭的替代品了吧？

小滿整個人躲到他背後，不時的偷看又尖叫，尖叫再偷看。

嚴隼人哭笑不得，無情地轉到了新聞台，結束這一場鬧劇。

「新聞有什麼好看的？不就一堆老頭嗎？」小滿抗議。「轉回去啦，隼人先生。」

電視裡正好播報總統參訪兒童醫院的事情，高瘦斯文的總統正在兒童醫院裡鼓勵血癌的小朋友。許多政府官員跟隨在側，不時的奉承總統多有愛心之類的。

「與其要看這些人作秀，還不如讓我看女鬼要怎麼復仇啦。」她扭動身體抗議。

「至少我的女鬼演技還比較好一點。」

沒想到嚴隼人竟然贊同她的話。「的確是沒什麼好看的。」他沉著臉，就把電視關掉。

「唉唷，快結局了，讓我看完啦。」小滿整個人撲上來想要搶走遙控器。

她剛洗完澡，身上都是香味，暫時穿著嚴隼人借她的衣服。過大的T恤遮住了她纖細的腰部曲線，但不知為何看起來卻更加性感。沒想到這發育不良的大女孩，看起來也能這麼誘人。嚴隼人忽然很喜歡她穿自己衣服，感覺像是宣示所有權。但

比起穿在身上，他更想看這寬鬆的衣服，被扒掉後的樣子……

他僵硬的撇開頭，阻止自己再幻想下去。「妳看鬼片吵死了。」

小滿哪裡知道他心裡想的邪惡念頭，仍不知死活的往他懷裡鑽去。「拜託嘛，我保證超安靜，隼人先生人最好了，把遙控器給我嘛。」

他人最好了？

之前是誰一直說他是大壞蛋？現在為了看鬼片就可以諂媚成這樣，簡直不知道廉恥兩個字怎麼寫。

「電視裡的鬼都是人假扮的，到底有那裡好看？妳照鏡子不就得了……啊，妳在鏡子裡看不到自己。」嚴隼人取笑她。

原以為她會反擊，沒想到小滿忽然垂下頭去，神情沒落。

「怎麼？看不到鬼片就生氣了？」小滿仍是低著頭完全不理會他。

嚴隼人第一次看她這麼消沉，不知該做何反應。他跟女生交集通常僅止於一夜情，說真的還真沒看過女人哭泣，就算有也多半是假哭。他完全不知道該怎麼安慰女人。

尤其還是他惹生氣的女人？

他好像隱約看到有水珠從她臉頰滑落。

是因為他提到她是鬼的事情惹她不開心了嗎？

「呃……妳別哭，大不了遙控器給妳就是了。」嚴隼人講起溫柔的話怪彆扭的，把遙控器塞到小滿懷裡。

「謝謝！」小滿迅速抬起頭，水汪汪的大眼閃爍著光芒，露出勝利的笑容。

她哪裡像在哭泣的樣子啊！

這小妮子根本是在裝哭，為了看鬼片不擇手段。

「妳好樣的！」嚴隼人已經不只是額頭報青筋了，他要把她打包進大塑膠袋裡，讓她跟那些垃圾們共度餘生！

他像隻惡狼凶狠的撲過去，小滿被嚇到，緊抱著遙控器不肯放手。她就這樣被他按壓在床上動彈不得。

「拿來。」嚴隼人貼的很近，灼熱的氣息抽吹在她臉上。她發現嚴隼人身上傳來好聞的味道，和她的衣服一模一樣。

「不要！」

「那就……」他忽然湊過來，小滿緊張的吞了口口水，全身緊繃，不知道他想對她做什麼。沒想到他竟然……搔她的癢！

「哈哈哈……我錯了！我錯了……你快停下來！」小滿笑的喘不過氣來，卻被

壓著無法掙脫。「好嘛！遙控器給你，遙控器給你就是了！」她放聲尖叫。

「以後還敢不敢裝哭了啊？」

「不敢了，不敢了！……你快停下來！」

「這是求別人的態度嗎？」

「對不起嘛，隼人先生，隼人大爺，隼人哥哥……」小滿已經笑到快喘不過氣來，他才肯高抬貴手放過她。

只見她頭髮凌亂，臉上還緋紅，縮在他懷裡喘氣。看起來一副激情過後的模樣。

「早點乖乖給我不就沒事了嗎？」嚴隼人指責，彷彿她也不想這麼做。她被搔癢都是她的錯一樣。

小滿怒瞪他的模樣像是剛被剪指甲的小貓咪，但是卻敢怒不敢言，怕他轉身又繼續搔她癢。

「睡吧。」嚴隼人一手囚禁住她，倒頭就睡。小滿抱起來軟綿綿的，很舒服。只要有她在旁邊，他似乎就能安穩的睡覺。

但懷裡的人可沒這麼安分。她偷偷移動，想要拿靠近嚴隼人床頭櫃的遙控器。

「嗯？」他不用張開眼，光是這一句就讓她嚇得不敢動彈。「親愛的，妳最好還是乖乖睡覺，我不確定如果我被吵醒的話會做出什麼事情。」

他講的很曖昧，但是在她聽來卻是句句威脅。

可惡，要是她的噴霧器在就好了啦。

◆

不要，她不要這樣苟延殘喘的活下來……

她不要背負著別人的性命。

那樣太過沉重，她沒辦法承受啊！

這種犧牲別人的性命，她寧可不要……

小滿倏地睜開眼，驚坐起來。一時之間搞不清楚自己在哪裡。

是嚴隼人的房間。

原本灰色的床單換成了墨黑色，讓她一時之間認不出來。

她呆坐在床上，回想不起剛才做的夢境。只依稀記得她不斷哀求跟反抗，但聲音卻被卡在喉嚨裡發不出來。

隼人先生呢？他去哪裡了？

沒有看到他，忽然讓她感到不安。

她睡了多久了？現在是上午還是下午？

窗外的天空烏雲壟罩，分不清楚時間，看起來就快要下雨了。

「妳醒了？」嚴隼人看起來像是剛洗好澡，全身散發一股熱氣，腰間只圍了一條浴巾出現。

「現在幾點了？」

「下午兩點了。」

原來她睡這麼晚了。嚴隼人看她一臉迷濛的模樣，像是還沒睡醒。

剛才醒來時，看到小滿毫無防備的睡臉，他忽然覺得讓她永遠住下來也沒有什麼不好。

那麼多年來他已經一個人生活慣了，一方面是工作使然，一方面是覺得沒有必要。他都快忘了這種有人陪在身旁的感覺。

他原以為自己會很排斥有人在旁邊，沒想到其實還滿不錯。雖然也有很多麻煩，例如要幫她收拾弄亂的房間。

但如果就這樣長期生活相處下去，好像也無不可。

「會不會餓？要不要吃早餐？」他背對她，就在房間裡直接換起衣服，完全不在意小滿就在旁邊。

「下午兩點吃早餐？」

「對啊，我通常都這時間吃的。當醫生手術時間不一定，有時候一忙完差不多

就天亮了，睡到下午是家常便飯。」

小滿神情古怪的瞪他。「你是誰？雖然你假扮的很像，但我認識的隼人先生才沒這麼善良，他才不會關心我要不要吃早餐。」

有沒有搞錯？那個個性扭曲嚴隼人耶，竟然會問她要不要吃早餐。這絕對比看到總統出現還令人吃驚。

真正的隼人先生應該會只煮了他自己的份，然後故意在她面前吃給她看。

沒錯，應該是這樣才對。小滿點頭。眼前的這個人絕對是假冒的。

「不吃就算了。」嚴隼人捏她的臉，笑著走出房間。她知道這厚臉皮的小滿一定會跟進廚房。

果不其然，他才剛進廚房，後頭就跟來一個貪吃鬼。「我要吃！」

他熟練的處理食材，看到他簡直像變魔法一樣，三兩下就變出培根火腿香腸，馬鈴薯沙拉，還有歐姆蛋。

豪華的早餐看得她口水直流。

「妳記不記得我當初同意妳住下來的條件？」

正準備偷吃德國香腸的小手尷尬地僵在半空中，當初他根本沒有答應讓她住下來，所以根本不存在什麼條件好嗎！但這又不能老實承認。

「呃……你死掉後幫你升等豪華洗靈魂的套裝行程？」

「不是吧！我好像有說過要用妳的肉體來償還。」

嚴隼人步步逼近，小滿只得後退，直到她背後抵到流理台，無處可躲。

他緊盯著的眼神看起來就像是獵豹鎖定了獵物，不容逃脫。

小滿緊張地吞了口口水。「什麼肉體？」

「妳說呢？」嚴隼人故意靠很近，在她耳邊呢喃。表情既親暱又曖昧，害小滿整個面紅耳赤。

昨晚他還抱著她一起睡，明明什麼也沒發生啊，不知道他現在為什麼忽然又改變心意，對她有興趣了。

她緊張的閉起雙眼，正想伸手把他推開時，她柔軟的小手卻被抓住，忽然手裡多了一袋東西。

呃？

垃圾？

她愕然的看著手中的巨大垃圾袋，裡頭裝滿了零食袋，還有……

「骷髏先生！」小滿驚呼！昨晚跟她一起看鬼片的革命夥伴，現在竟然跟垃圾們一起被塞在裡面。

「沒錯，想住下來就要用妳的身體來勞動。等妳處理掉這包垃圾才能吃早餐。」嚴隼人舉起她的手臂，把她手中的德國香腸咬走。露出挑釁的笑容。

他挑逗的動作讓她滿臉通紅。

「我……我現在就去丟！」小滿扛著大垃圾袋落荒而逃。

隼人看著她逃跑的背影，忍不住撫額大笑。

看來她住在這裡的日子，不會無聊了。

◆

小滿剛從地下室倒垃圾回來，就聽到有人在談話。

她「穿過」鐵門，就看到家裡來了兩位訪客。坐著的那位客人看起來高瘦，只可惜正好背對著她，看不到對方的表情。而另外一個看起來像是保鑣的人則是站在男子左後方。

兩個人一坐一站的，正好都背對著她。

嚴隼人看到她鬼鬼祟祟的在門旁邊，用眼神意示她先上樓。小滿不情願地上樓後，蹲在樓上的手扶梯，從縫隙中偷看。

「……不管你來幾次，答案都是一樣的，請回吧。」嚴隼人的聲音語調低沉，小滿知道這表示他心情不好。

只見嚴隼人不知何時已經換上了襯衫和另外一個身穿西裝男子個別對坐在黑色沙發。他慵懶翹腿的動作，顯然是不把對方放在眼裡，看起來一派自得。

小滿忽然心跳漏了兩拍。

隼人先生之前有這麼帥嗎？

小滿揉揉眼睛，明明昨晚才覺得這傢伙是個想遙控器的討厭鬼，但卻不得不承認嚴隼人不只是長相好看而已，他渾身散發著一股不可一世的自信。難怪那個娜娜會這麼喜歡他。

整場對話的掌控權自始自終都操控在他手上。與其說是在談判，不如說對方是來求他的。

看來這個人也是來求隼人先生治療的，而且可能還來過很多次，只是不知道隼人先生為什麼要拒絕對方，難道是因為價錢談不攏嗎？

小滿回想起他刁難王允中的事情，猜想一定又是隼人先生在刁難對方。

但是從西裝男友休養的舉止，還有他隨身帶保鑣。怎麼看都不像是窮人的樣子啊？應該沒道理付不起吧？她感到困惑。

一定是嚴隼人又獅子大開口了！她心裡默默為西裝男感到同情。

「當初那件事情，並不是我的本意……」

他打斷西裝男溫和的解釋。「夠了，你今天來也不是來講這件事情的吧。」

「再怎麼說她都是無辜的。」

「我不管她無不無辜，反正你這輩子不用指望我會醫治的。」他毫不客氣。

「你最好想清楚你現在在跟誰講話。」保鑣烙狠話，渾身都是結實的肌肉。看起來比隼人粗壯了兩倍不止。

「不就是個靠女兒往上爬的傢伙嗎？」嚴隼人諷刺的微笑。

「你！」保鑣為之氣結，正想衝過去揍嚴隼人。

西裝男倒是沒有生氣，舉起右手，阻止保鑣繼續說下去。

「我明白了，我下禮拜會再來的。」西裝男的聲音聽起來充滿疲倦，但很溫和。「打擾了。」

小滿似乎曾經在哪聽過這個聲音，還有他斯文的舉動也讓她覺得似曾相識。

對方起身告辭，嚴隼人完全沒有要迎送的意思，懶懶地靠在沙發上。「別再來了。」他冷冷地丟下這句。

西裝男起身的動作，讓小滿正好可以看到他苦笑的側臉。小滿心裡一驚，難怪她一直覺得這個人很眼熟。

原來這個人就是她昨晚在電視上看到的總統本人！

小滿吃驚的合不攏嘴。剛剛那個低聲下氣求隼人先生的人，竟然是一國的總統！不知道他是生了什麼病，竟然會放下身段來求隼人先生，畢竟他可是無照密醫，要是被人發現總統竟然在做違法的事情就糟糕了。

「告辭了。」總統溫和的向嚴隼人點頭，保鑣趕緊為他開門。這一看小滿又更吃驚了，只見外頭黑壓壓的站了兩排原先不知道藏在哪裡穿西裝的保鑣。面對這麼大的陣仗，嚴隼人竟然還敢拒絕醫治總統，他就不怕這群人一口氣衝進來把他砰砰，然後把他的屍體丟進太平洋嗎？

待人都走光後，嚴隼人留在沙發上沉思。小滿正猶豫要不要打擾他時，他忽然笑了出來。

「冥界的人都有偷窺的僻好嗎？」

「才沒有！」小滿急著想否認，從欄杆後面跳了出來，才發現她上當了。這樣出來不就等於承認她剛真的在偷看嗎？

嚴隼人好笑的看她窘迫的樣子。

他起身，有那麼一瞬間，小滿覺得他看起來似乎和她出門前有哪裡不一樣，但她又說不上來。

「你不幫那個總統醫治嗎？」

「他看起來像是生病的樣子嗎？」他笑著反問，小滿卻覺得這笑容看起來像強裝出來的。

小滿偏頭想了想，的確從外表上是看不出來他哪裡病痛。「是不像……」

「他是來求我幫他女兒醫治的，但你也看到了，我拒絕了。」

「為什麼？因為他跟那個土財主一樣捨不得花錢嗎？」

「這倒不是。」他穿外套的動作停頓了一會，思索該怎麼回答。「只是因為以前的私人恩怨。」

「他女兒病的很嚴重嗎？不醫治會死掉嗎？」小滿也不知道為什麼，但是她就是覺得非問清楚不可。

「不知道。」嚴隼人回答的漠不關心，他根本不在乎那個總統，更不管他女兒的病況到底如何。

不，或許他心裡深處，恨不得那兩個人通通死掉也說不定。

「那如果死掉我可以去回收靈魂嗎？」小滿趴在欄杆上，滿臉期待。

「隨便妳。」他整理好後，拿了錢包和黑色雨傘。「我有事要出去一下。」

「現在嗎？」小滿偏頭。

「嗯。」

「不先吃完早餐嗎？」她剛才衝下樓倒完垃圾就趕回來，隼人先生家裡就來了客人，他一定也還沒來得及吃。

「不了，妳吃吧。反正妳食量那麼大，我相信妳有辦法解決掉它們的。」嚴隼人微笑，不等她回答，就急著出門了。

這次小滿確定他哪裡和之前不同了。

他看起來和那位總統一樣疲憊。

「電話掛斷了呢。」男子溫柔的微笑，對於手機被搶走的事情完全不在意。而搶走手機的兇手就坐在他旁邊的副駕駛座上，以現行犯的姿態一手握著手機，另一手拿著剛被拐上車時給她的珍珠奶茶。

「現在不可以打電話給隼人先生啦。」小滿嘴裡還塞著珍珠，神情慌張地掛斷男子原先要打給嚴隼人的電話。

「為什麼？」

「因為他現在跟娜娜去約會了，打擾他們不好。」

男子沒有錯過小滿一閃而過的落寞神情，他對此嗅出興趣，仍是溫和的微笑。

「他不會生我的氣的，因為我們是『朋友』。」他特別強調最後兩個字。

「不可以。」小滿緊抱著手機，不肯讓步。

「如果不打給他的話，要怎麼叫他來接妳呢？」

「我可以自己回去。」

「喔？」男子笑道。「從這裡？」

他會質疑這句話不是沒有原因的，因為他們現在——正在山上看夜景。這座山可不只是能看夜景，而且還是著名的自殺聖地，許多年輕情侶都會手牽著手來這邊殉情。四周伸手不見五指，山路連路燈都沒有，前不著村後不著店的。絕對沒有人會想從這邊「自己回去」。就算一開始獨自走，待走到家時後面可能跟了五六個「人」跟你一起回家了。

憑良心說，小滿覺得隼人先生家裡看出去的夜景更壯觀。

「你確定不用叫他來接妳嗎？」

「真的不用，我可以自己回去。」她其實怕得要命，嘴裡卻還在逞強。

「是嗎，那妳自己小心一點。」他體貼的幫她打開車門，還不忘記提醒她要注意安全。

小滿瞪著打開的車門，發現這男人是認真的要她自己回去，沒有在開玩笑的意思。也完全沒有良心不安的樣子。

男子溫柔的微笑，在等她下車。

「那我真的要走了喔。」

「嗯。」

「我真的真的要走了喔。」

「到家記得打一通電話報平安，不然我會擔心的。」聽他的口氣，還真以為他真有多擔心似的。要是他真的為她的安全著想，就不會把她載到這深山裏面來，然後放她自生自滅啦。

小滿現在非常肯定這男人是嚴隼人的朋友了，他們那種惡劣到骨子裡的性格根本如出一轍。

她為什麼要大半夜跟這個人來到這個鳥不生蛋的深山裡呢？

事情要回到一個小時前。

◆

一個小時前。

隼人先生匆匆離家後，小滿守著空蕩蕩的客廳，才發現這是自己到人界以後，第二次一個人獨處。上一次娜娜一來，他就急著出門。這次又趕著出門，小滿猜想肯定和她脫不了關係。

先前跟著他去山裡動手術時，雖然自己賭氣跑掉，但仍然可以隨時回去，所以並沒有落單的真實感。事實上嚴隼人如果認真要趕她走，方法多的是。但他卻沒有這麼做。那個人雖然嘴上會抱怨個不停，但其實本質是個溫柔的人。

然而現在他選擇跟娜娜離開後，小滿卻沒有把握他會想再回來。畢竟從一開始就是她厚著臉皮留在這裡，說不定嚴隼人會忽然想起來她出現前的日子有多自在，而開始嫌惡她。

他們的關係僅止於寄居跟被寄居而已。

要不是嚴隼人誤打誤撞看得到他們靈魂回收員，他們兩個人根本打從一開始就不會認識。

或許從一開始就不要認識比較好。

不可以唷。

她想起上弦對她說的話。

不可以愛上他喔。

你絕對，絕對不可以愛上他。

她當然不會愛上嚴隼人，因為她已經死了。

而且還是最糟糕的死法，她放棄了自己的生命。

雖然她沒有生前的印象，但就是因為犯了輕視生命的罪，所以她才會被罰當靈魂回收員。他們回收員，沒有人知道自己的刑期有多長，可能明天就結束，也可能做了一千年都還不能卸下責任。這種不確定的未來，就是對他們最大的處罰。

靈魂回收員是自殺的人必須償還的罪。

像她這種罪人，當然沒有愛人的資格。被她愛上的人也不會幸福的。

所以她不愛嚴隼人。

永遠不愛。

小滿抱著膝蓋，沒有開燈，就這樣從下午等到天黑。不知道為什麼她一點胃口也沒有，準人先生特地留下的早餐到現在還擺在廚房的流理台上。整個人縮在他們第一次見面時所坐的皮椅上。看著雨水打在落地窗上，模糊了夜景。

「骷髏先生，我才不喜歡那個臭隼人呢。」她抱著一旁嚴隼人擺在座位旁的人體骨骼模型。

這麼模型差點就要被拿去丟掉了，幸好她有事先把它藏起來。

「如果你不喜歡他的話，你現在為什麼要抱著骷髏頭講話？」小滿裝另一個沙啞聲音假裝是骷髏頭，自問自答。

「我才不喜歡他。」

「少騙人了。」骷髏頭的手敲她的頭，想讓她清醒一點。

為什麼她當初會自殺呢?真的好傻……現在連理由都完全想不起來了。

「為什麼我要自殺呢？」

「因為妳是大笨蛋。」骷髏頭說。

她嘆了口氣。

因為她是大笨蛋啊。

桌上的電話響起，打斷了她的思緒。

是隼人先生嗎？小滿急忙接起電話。「隼人先生。」

電話那頭輕笑出聲。「很抱歉讓你失望了，我不是你的隼人先生。」是男人的聲音，聽起來像是放了十分鐘的咖啡，既不過燙，也不冰冷。適當的加入牛奶後那般溫和。

「抱歉，認錯人了。」小滿趕緊道歉。她還以為一定是他想起了自己還在家，所以打回來來擔心，沒想到是她自己自作多情……

在失望了下一秒，她忽然想起來一件驚人的事情。

「你，你聽的到我的聲音？」她驚呼。

「嗯？聽的很清楚。」對方雖然不明白她這句話的意思，不過還是好好的回答。

這怎麼可能！

他怎麼可能聽的到自己的聲音！

照理說這世界上活著的人不可能接觸到他們靈魂回收員，因為生與死本來就被

劃分在不同的交界線上。別說是看了，根本連聲音都不該聽到才對。嚴隼人是特例中的特例，所以冥界上層才會特別關照。但現在竟然還有人能聽到她的聲音！

小滿驚訝的下巴都合不攏了。

「隼他讓妳自己在家？」

「對啊。」

「自己一個人？」他又確認了一次。

小滿點頭。「他跟娜娜去約會了。」

「這樣啊……」男子語音拉高長，聽到這個名字似乎覺得有趣。他思索了一會。

「那妳要不要和我去看夜景？」

「啥？」小滿錯愕，他們才剛認識吧？不對，他們根本不認識，連對話都還講不到十句咧。

「別擔心，我是隼的朋友。反正雨也快停了，我請妳喝飲料看夜景，順便告訴妳『娜娜』的故事。」

所以……她就這樣上鉤了！

小滿捧著一杯不到五十元的珍珠奶茶，為自己的好騙感到悲哀。

嗚，雖然珍奶很好喝，但她才不承認她是因為想喝飲料才來的，她是因為想聽

八卦才跟來的啦。

男子叫做古司謙，自稱自己是嚴隼人在這世界上碩果僅存的朋友，外加心理醫生。一路上他領著話題閒聊，不知不覺他們就來到這陰森的山上看夜景，小滿才驚覺原本說好要講有關娜娜的故事，根本一句都沒提到。

他不像嚴隼人那樣給人恣意妄為、獨裁世界的感覺。古司謙人如其名，外表看起來謙遜有禮，永遠掛著那副溫柔的微笑。

外表看起來。

實際上內心根本是個不輸嚴隼人的混蛋惡魔！

此刻古司謙雖然笑的無辜，耐性十足，卻在等她下車。一臉「我也想幫助妳，是妳自己不打電話給嚴隼人的。」的模樣。

她知道了，一定是嚴隼人平常招惹太多人了！古司謙一定誤會他們之間的關係，以為她是他的女朋友，所以才會想拿她出氣。

只要解釋清楚就好了嘛。

「我不是隼人先生的女朋友。」

「我知道，妳剛剛說過他跟『娜娜』出去了嘛。」古司謙回答。小滿沮喪的低下頭，看來不是誤會啊。

雖然她自己是靈魂回收員，也喜歡看鬼片，但這種現場陰森的氣息還是很可怕啊。要是真的被丟在這山上……光想到這小滿就毛骨悚然。該怎麼辦？但是她又不想打電話給隼人先生求救……

小滿一個人再煩惱，沒注意到身旁的人正用後照鏡窺視。

如果說我看得見別人都看不見的人，該怎麼辦？

古司謙想到嚴隼人說過的話，看來他所指的，應該就是這女孩了吧。

鏡子裡空蕩蕩的副駕駛座。

看來還真的是別人都看不見。

那傢伙還以為自己有幻覺，但看來恐怕不是。

他猜想這女孩可能是鬼之類的東西。

不知道為什麼，古司謙總覺得小滿有點面熟，卻想不起來在哪裡看過。但看她一臉苦惱的模樣，大概能理解嚴隼人會留下這女孩的原因了。

因為太有趣了。

「別擔心，隼他會回撥電話的。」古司謙在心裡暗笑。

「他不會啦，因為他在約會啊。」

「他會的。」他笑的很有把握。

古司謙打賭，賭這女孩在嚴隼人心中重要的程度。他知道嚴隼人的心病，那個人在手術後非得要擁抱人的體溫不可。古司謙曾暗中經為他做過治療，把他關在房間裡想看他的極限，結果那次嚴隼人發作，全身筋攣差點休克。

嚴隼人不是濫情，卻病入膏肓，連心理學界的翹楚古司謙都沒辦法治療這種症狀。他身邊換過一個個女人，卻沒有人可以替代他心中「娜娜」的位子。他與不同人相處，卻從來沒有真正相信過誰。

但如今卻出現了一個例外，這個例外就是小滿。

不管她是不是鬼。他光是讓她獨自留在家中，就是一件極為不可思議的事情了。而且她竟然還知道娜娜的存在，這讓古司謙不禁好奇她的身分，於是找了個誘因就把她帶出來。

他想測試的是她在嚴隼人心中的分量。

如果他沒猜錯的話，說不定是連嚴隼人自己都沒察覺到這件事情。

所以他事先留言給嚴隼人了，再來就看他的反應了。古司謙看著眼前的馬尾女，這是一場賭注。

而且他贏了。

「怎麼辦！他又打回來了。」小滿慌張地看著手中撥放著莫札特安魂曲的手機，

上面顯示了嚴隼人的名字。

「接起來吧。」

「可……可是……」

「不趕快接起來的話，通訊要斷掉囉。」古司謙好整以暇的提醒她，拒絕代接。

小滿怯怯的接起電話。「你好……」

「好妳個頭！」電話那頭傳來咆哮，小滿趕緊遮住耳朵，卻還是很大聲。「妳是腦袋壞掉還是裝太多餅乾了？怎麼敢大半夜跟這種腐爛到骨頭裡面的傢伙出去！」

嚴隼人吼的太大聲，旁邊被他稱為「腐爛到骨頭裡面的傢伙」都聽得一清二楚。古司謙笑著接受稱讚，滿意地看他失控的樣子。

「他說他是你這世界上唯一的朋友……」

「我才沒有朋友！他說什麼妳就信什麼，難道他說他是金星人妳也信？妳難道一點危機意識都沒有嗎？妳要是跟那傢伙出去一定會被他載去賣掉，或是被丟到深山裡面棄屍的！」

完全猜中了！

小滿汗顏，她現在就面臨要被丟在深山裡的命運。而電話那頭還氣在頭上，滔

滔不絕。「平常就覺得妳那顆小腦袋已經夠小了，但也別放棄不用啊！」

「對不起……」她越縮越小，非常慚愧。

「妳在家乖乖等不就沒事了嗎！」嚴隼人不開心，極度不開心。他不知道自己為什麼會生氣成這樣，但是想到這大半夜小滿竟然和古司謙那混蛋出去也不事先說一聲，他心裡就一把火在燃燒。

講到這，小滿也有點生氣了。「我要跟誰出去你管不著吧。」哼哼，她都成年了，再說隼人先生又不是她男友，更不是她爸。

這句話無疑是在憤怒的獅子嘴上拔毛。「只要你還待在人界我就管的著，別忘了妳現在是住在誰家。我就像妳的監護人，要是妳怎麼了，上弦他們又要來找我囉嗦。」

「什麼監護人嘛，你自己還不是跑去跟娜娜約會了。」她咕噥著，心裡也很不是滋味。明明是他先把她丟在家裡棄之不顧的，現在又來責備她自己到處亂跑是什麼意思。

嚴隼人停頓了一下。「妳剛剛說什麼？」

「我說你自己還不是跑去跟娜娜約會了。」小滿嘟著嘴又重複一次。

他沉默下來，不像剛才那樣暴怒，聲音卻變的低沉危險。

「妳從哪聽來這個名字的？」

小滿聽出他的不悅，內心抽痛了一下。

原來連這個名字都這麼寶貝，不想從她口中聽到嗎？

「好了好了，你們小倆口別再鬥嘴了。」古司謙笑著接過小滿手中的電話，打圓場。「你也真是的，老實的說你在擔心不就好了嗎？偏偏要用生氣來掩蓋，結果嚇壞可愛的小滿了。」

「是你跟她說的嗎？」嚴隼人語氣中充滿警告。

古司謙慶幸他們現在是講手機，不然的話大概等不及他解釋，嚴隼人的拳頭就招呼過來了。

「不是我，我也很訝異她會知道這個名字，我還以為是你告訴她的。」停頓了一下，推算日子。「你今天是去她那裡吧？」

「對。」他承認，嚴隼人手中拿著電話，另一手習慣性地在思考時將頭髮都往後撥攏。

娜娜……

這名字是他心裡僅存的淨土，是過去美好的象徵。

也是永遠無法實現的願望……

更是他不願讓人碰觸的傷口。

「隼。」古司謙收起笑臉，嚴肅地說。「不要轉開視線，不要閉口不談，不要拒絕聆聽。受傷的心是不會自己療傷的，你越是把它藏起來，它就只會在你看不見的暗處化膿而已。是時候該面對了。」

七月的夜晚，明明暑氣未消，他卻仍感到一絲寒意。他的懷中始終抱著一具冰冷的屍體，不斷地吸取他的體溫，他只能無助地顫抖，在懊悔中苟延殘喘。

嚴隼人摩擦著雙手想要取暖，卻是徒勞。

「你想怎麼做？」

「你明知道我一直都是怎麼建議你的。」他知道古司謙希望他能把積在心裡的話都講出來，而不是一輩子悶在心裡。

「……一定要是小滿嗎？」

「我從頭到尾都沒有提到她，但你已經有了答案不是嗎？」

嚴隼人深深吸一口氣，再緩緩吐出來。

「帶她去那裏吧。」

◆

雖然搞不清楚怎麼一回事，但是剛才原本想把她丟在深山裡的微笑男，忽然大

發慈悲願意開車帶她下山了，真是可喜可賀，可喜可賀。

「隼，他平時雖然脾氣不好，任性妄為。但是我還是第一次看他真的動怒。」

古司謙專心開著車，忽然開口道。

「對啊，我也是第一次看他這麼生氣，可見他有多重視娜娜。」小滿悶悶不樂地喝著冰塊早就融化的珍珠奶，雖然已經不如當初美味，但她還是捨不得離口。

「欸，妳真的什麼都不懂嗎？」

「不懂什麼？」

古司謙看著她困惑的雙眼，不禁感到有點頭痛。這兩個人非一般的遲鈍是怎麼一回事？

「隼是因為妳才會這麼生氣啊。」

聽他這麼說，小滿更沮喪了。「我真的很容易惹他生氣。」

「不，我的意思是，他只會對妳生氣。那是因為對隼而言，其他人根本不重要，牽動不了他的情緒。」車子閃過一旁的機車，古司謙繼續說道。「該怎麼說呢？或許妳會很難相信，因為那傢伙自己也還沒弄明白，但他是真的在乎妳的。不然我所認識的隼可不會在乎我把誰大半夜拐上山，他根本誰也不在乎，更不用說還特地打電話來吼人了。」

所以他的意思是，隼人先生很在乎她？

小滿根本不相信。

「可能是你搞錯了，古司謙先生。隼人先生沒有你想的這麼在乎我，至少不是你想的那種在乎。像他今天就跟娜娜小姐出去了啊。」

「他是去找娜娜沒錯，但是不是妳想的那樣的。那只是因為今天是特別的日子。」

「特別的日子？」

「今天是娜娜的生日。」古司謙將車停靠在路邊，側過身看著她。「他也只有這種時候會去那邊而已，妳就別放在心上了。」

小滿心中一緊，難怪嚴隼人急著出門，原來是去幫她慶生嗎？

「為什麼只有生日才去？因為他們分手了嗎？」難怪剛才提到這個名字，嚴隼人會那麼不高興，等等要好好道歉才行。但既然喜歡對方，為什麼不天天見面呢？小滿心中充滿疑惑。

「這個問題，不如妳自己問他？」他笑著指小滿身後的車窗。

小滿回頭，就看到一副要把她從車窗拖出來的嚴隼人，他硬擠出來的笑容比生氣的模樣還恐怖一萬倍！

「小、滿、兒。」他扯動嘴巴，眼裡完全沒笑意。「出來聊聊好嗎？」

「不好。」小滿反射性地拒絕，猛搖頭。

嚴隼人根本沒打算理會她的答案，逕自打開車門，小滿只好乖乖自己下車。他朝車裡探頭丟下一句：「多謝你的雞婆。」

「不客氣。」古司謙笑的一臉無害。

「潔西卡的帳下次再跟你一併算。」

碰！又關上車門。

哎呀，這傢伙的脾氣怎麼還是一樣糟糕啊。

好心幫忙還被當作壞人，不過算了，誰叫他是他的好朋友呢？古司謙完全不以為意。身為好友兼主治醫生，他所能幫的也只有這麼多了，剩下的就要看嚴隼人自己打算怎麼做了。

小滿被抓下車後緊閉著雙眼，嘴唇緊緊的抿成一條線，如果耳朵能關起來的話，她一定二話不說的闔上。雙手將臉遮住，企圖就這樣逃避現實，躲在自己的小世界裡。她全身緊繃，等待嚴隼人大聲罵人

結果等了許久，只聽到聽到車子離去的聲音，他竟一點動靜也沒有。

她從手指間的縫隙偷窺，卻見嚴隼人靜靜地佇立在一旁，他身上穿的黑衣幾乎

都要融入夜色中。面對著他們身旁黑暗中的的巨型建築。

那眼神充滿了仇恨與不甘，像是恨不得一把火把這裡燒了。

過了許久，他才呼出了好大的一口氣。「妳怎麼會知道娜娜這個名字？」他問。

「上次你睡著的時候夢裡面一直喃喃念著這個名字。」

「原來是這樣啊。」嚴隼人牽動嘴角，小滿第一次看到他露出這麼寂寞的笑容。

「娜娜她……是我的妹妹。」

原來是妹妹啊。

難怪剛才古司謙這麼篤定他絕對不是跟娜娜出去約會。知道他心中掛念的名字原來是親人後，小滿不知道為什麼心中鬆了一口氣。

「那麼娜娜現在在哪裡？」為什麼他這麼討厭別人提到妹妹的名字？兄妹關係不好嗎？

「你知道這裡是哪裡嗎？」嚴隼人沒有回答，丟給她另外一個問題。

「這裡是哪裡？」小滿這注意到古司謙不是載他回嚴隼人的家，而是把她帶來了一個陌生的地方。旁邊有很多棟像是學校的白色建築串聯起來，最外層有一圈圍牆將裏頭的房子全部圍起。深夜看來格外陰森，這裡有一股不祥的氣息，她不安的拉著嚴隼人的衣襬。「這裡為什麼有這麼厚重的死亡氣息？」

就算她是以回收死者為業，也不禁為這感到害怕。

嚴隼人輕拍她的手臂安撫她。「這裡是國內最大的教學醫院。」

他停頓了一下。

「也是娜娜過世的地方。」

◆

剛從墓園趕回來，又來到了醫院。

像是倒著過娜娜生前的足跡。

空蕩的迴廊，靜靜地回響一個人的腳步聲。

很難想像在幾個小時前，這裡曾經比菜市場更混亂，比高速公路更壅塞。醫護人員推著病床或輪椅來來去去，親朋好友們也都忙於處理住院手續或準備用品。所有人都為了別人的生命奔波。

這裡是生命的起點，延續，甚至是終點。

這裡是娜娜過世的地方。

雖然小滿是第一次來到這裡，但是她卻有一種莫名的熟悉感，走廊上牆壁的壁畫，一幅幅的，看起來都是那麼的眼熟。她能想像嚴隼人在這裡，照顧娜娜的模樣。

雖然悉心照顧，不斷祈求她能活下去，但最後還是沒能挽留住她的生命。

她靜靜地跟在嚴隼人身後，看他輕撫醫院牆上設置的扶手。很難想像事隔多年，他重新踏上這充滿回憶的地方，會是什麼感覺。

一定是懷念。

感傷。

與悔恨交雜吧。

小滿感受到他的悲傷，不禁跟著流淚。

「我都還沒開始講，怎麼反而是妳先開始哭了？」嚴隼人聽到啜泣聲，轉頭嘲笑她，他伸手柔亂她的頭髮。

「隼人先生，如果你不想說的話，就不要勉強自己……」

「除了古司謙以外，我從來沒有跟別人提過這件事情。但不知道為什麼卻很想告訴妳……妳願意聽我說嗎？」

她大力點頭。「只要是隼人先生的事情我都想知道。」

嚴隼人的笑容慢慢沉了下來，小滿知道他是陷入過去的回憶中，不知從何開口。她也不催促，就只是靜靜地陪在他身旁。

他再度開口時，聲音沙啞艱澀，像是乾涸的沙漠那般空洞。「娜娜她……是我的妹妹。」他閉上眼睛，腦海裡都是那嬌小的軀體，滿身鮮血，在他懷中逐漸失溫

的模樣。

當年發生一場意外車禍，卡車司機因為超時工作，而不小心恍神，就這樣衝到了人行道。嚴隼人六歲的妹妹就這樣意外被撞到，緊急被送往醫院。原本立刻進行手術的話，還有存活的機會。

但是當時議員的孩子因為急性腎衰竭，也需要進行手術。醫院在權力跟金錢的衡量下，將大部分的醫療人員都調撥過去討好議員。最後幫娜娜進行手術的，竟然只是剛來醫院的實習醫生。後來手術失敗，娜娜沒撐過三天，就這樣過世了。

小滿感受到他衣服底下的肌膚，不知道是因為憤怒還是傷心而顫抖。

「後來我才知道我們同意捐贈娜娜的器官，竟然被移植給了那位議員的孩子！原來這一切根本就是一場陰謀！醫院在她來時就發現了器官的相容性這點，所以才故意延遲治療！」

碰！

嚴隼人使勁的捶牆壁，卻絲毫撼動不了這由金錢跟權力鞏固的建築物半分。他幾乎是咬著牙恨恨的說。「所以我發誓要買下這骯髒的醫院，將一切公諸於世！」

「隼人先生……」她靠過去抱著他寬闊的背，希望能安慰他。

小滿全都明白了，為什麼他會這麼勢利，總是向有錢人索取高額手續費。因為對他而言，娜娜就等於是被金錢所殺害。為什麼他始終沒有醫師執照，只因為他不想，也不屑與他們同流合汙，一但考取了執照，就像是向醫療體系妥協。

想到這，小滿就難過得不能自己，放聲大哭。

原本氣憤的嚴隼人在聽到她的哭聲後，逐漸冷靜下來。「我都沒哭了，妳有什麼好哭的？」看到小滿哭得滿臉都是淚水狼狽的模樣，嚴隼人反而笑了出來。「妳哭的樣子好醜。」他取笑她，其實心裡看到她為了娜娜的事情哭泣而感激。

原來把心裡的話講出來後，竟然是如此的暢快。

「誰叫隼人先生都不哭，我只好幫你哭了。」小滿看他強顏歡笑的樣子，更是因為勾起了他的傷心往事，自責不已。「對不起……」

為什麼自己要提起娜娜呢？

她明明什麼都不了解，卻愛亂猜想。

她這個大笨蛋……如果骷髏先生在旁邊的話，肯定又要罵她了。

「妳又沒做錯什麼，不需要道歉。」嚴隼人彈她額頭，沒想到她反而哭的更傷心。「別哭了，嗯？」

「嗚，對不起……」

「妳根本不用道歉，相反的，我還要感謝妳呢。」

小滿抽著紅通通鼻子，滿臉淚水的抬頭看他。「為什麼?」她看起來既狼狽又可愛，嚴隼人不知道為什麼自己忽然有想把她摟進懷裡的衝動。

而他也真的這麼做了。她驚呼：「這樣鼻涕會沾到你的衣服……」

他才不在乎，狠狠的抱住柔軟她。

「在妳出現前，我一直自責自己為什麼救不了娜娜，為什麼讓她這麼輕易的從這個世界上消失，為什麼沒有更努力一點。」他需要微微彎腰，才能將下巴靠在小滿頭上。「但現在我知道她沒有消失，雖然她不是娜娜了，但她的靈魂會重新轉世，能永遠在世界上存活下去，這樣就好了……」

「隼人先生……」

「謝謝妳。」

小滿閉上眼睛，感受他的炙熱的體溫。

原本靈魂回收員的工作，就只有回收而已，沒想到自己的存在還能幫助活著的人，她真的很高興。能當回收員真的是太好了……

靈魂回收員是自殺的人必須償還的罪。

想起上弦說過的這句話，小滿身體僵住。

她知道為什麼隼人先生這麼討厭自殺的人了。

因為他的妹妹是這麼努力地想要活下去，她卻輕易的放棄自己的生命。所以他永遠都會看不起她的……

嚴隼人查覺到她的怪異，正欲開口詢問時，他們兩個都聽到走廊上的另外一個腳步聲。小滿從他懷中抬起頭，只見一位身材魁武的中年男子走了過來，他看到嚴隼人時先是愣了一下，隨即露出吃驚的表情。

「嚴醫生！」

「中年大叔！」

中年大叔和小滿同時驚呼。

當然小滿的驚呼聲，只有嚴隼人聽得見。一般人是看不到靈魂回收員，也聽不到她說話的。

「他是誰？」嚴隼人根本沒有印象見過這個人，他詢問小滿，在旁人看來他就像是在自言自語般怪異，但他根本不在乎。

「他就是我們在王允中別墅外面看到帶頭抗議的那個人啊。」小滿忘記別人聽不到她說話，湊到嚴隼人耳邊悄悄地提醒。

「喔，那個傢伙啊。」

「你想起來了嗎？」

「完全沒印象。」

中年男子突然快速靠近，嚴隼人堤防他忽然要揍人時，男子卻突然向他下跪。

「嚴醫生！請您救救我的兒子！」他的額頭都幾乎要貼到冰涼的地板了。「您可能不記得我了，我們曾經在王允中那邊有見過面。聽說你連其他醫生的束手無策的粉碎性骨折，都有辦法治好，你能讓王偉平重新走路。一定也能治好我兒子，拜託你了，醫生！」

「你可能誤會了，他的腳會好，並不是因為我的醫術厲害，而是因為他付得起四百五十萬美金。」

「四百五十萬美金……」他瞠目結舌。

「我不是做慈善事業，如果你也能支付相同金額的話，我就幫你的孩子動手術。」

四百五十萬美金……

男子垂著頭，著急的冒汗。心中努力計算著房子跟田產的價值，但不論怎麼加總，就算他去賣器官，也湊不出這麼多錢啊。

「隼人先生，你要不要幫幫他？」可能是剛才聽完嚴隼人的故事，讓小滿不禁

把這個大叔跟他當年為娜娜哭泣的身影重疊，所以心軟想要幫忙求情。

「如果付不出來，就請另請高明吧。」嚴隼人不理會小滿，說完就想離去。

「請您等一下！」男子急忙叫住他，已經溺水的人，哪怕只是根稻草，都不會輕易放手的。「我把房子跟農田賣掉，應該可以湊到三千萬台幣……」

「這樣是一百萬美金，還差了三百萬。」

他心一橫。「剩下不足的部分，我願意後半輩子賺的錢全部給你！拜託你一定要救他！」

「那是不可能的。」嚴隼人冷冷地說。「首先，現實上你就不可能不吃不喝將你全部的錢都給我。其次，就算你全部都給我，也湊不足三百萬美金。」

「不然我這條命給你！隨便你要殺要刮還是要器官，只要你能救我的孩子，我什麼都願意給你！」

「你好像搞錯了，這個世界上能換命的就只有錢而已。你與其跪在這邊求我，不如多去陪陪你兒子。」

「別開玩笑了！」男子氣急敗壞，粗壯的手臂抓提著嚴隼人的領口。「你把人命當作什麼了！一條命四百五十萬美金！只要付得起，就連王允中的蠢兒子都能活下來，我無辜的孩子卻得死！這是什麼道理！」

「快放開隼人先生。」小滿大叫，但男子根本聽不見。她轉頭勸嚴隼人，要他不要再刺激對方了。「隼人先生，生命本來就不可以用金錢衡量的！」

「很遺憾的是，人命的確是可以用錢衡量的。」嚴隼人看似對著男子說話，實際上卻是在回答小滿。「當初我妹妹的腎臟，聽說就被醫院賣了兩千五百萬。只要付得起錢，這個世界上不存在無法醫治疾病。」

他甩開男子的手，跨步離去。

「不該是這樣的……」小滿喃喃自語。嚴隼人冷漠的語調，每一句都刺痛她的心。她摀著臉，泣不成聲。她不知到該怎麼做才能幫助他。該怎麼做才能撫平他心中的黑暗。

或許原本的嚴隼人不會這麼憤世嫉俗。

或許原本的嚴隼人不用這麼唯利是圖。

或許原本的嚴隼人跟現在根本就是不同的人。

小滿知道娜娜的事情整個扭曲了他的價值觀。

「隼人先生，不可以這樣做！你不就是為了想救跟娜娜一樣的人才會想要買下這間醫院嗎？這樣一來你跟這間黑心的醫院又有什麼兩樣？」小滿從他的背後大喊。

她害怕他被天下人所唾棄贈恨。

害怕他變成自己最討厭的那種人。

害怕他總有一天會痛恨自己。

更害怕他離她而去……

嚴隼人停下腳步，沒有回頭。

「妳誤會了，我並不是為了想主持正義才當醫生的。」他沉聲說。「我想買下這家醫院，純粹只是想要復仇，僅此而已。」

說完，他繼續邁步，腳步毫不遲疑。

第八章

「耍帥可沒藥醫喔。」古司謙調侃著眼前煩惱的人，完全沒有心理醫生該有的樣子。

「閉嘴上你的嘴，然後拿酒來。」

嚴隼人大辣辣地躺在沙發上，頤指氣使。這兩天來徹底遵循你家就是我家，我家還是我家的理念。古司謙早就習慣他的行徑了，每次這傢伙心情不好都會窩來他這裡喝酒。當他再度從吧檯後出現的時候，手上已經多了瓶威士忌，和兩個杯子，外加冰桶也準備好了。

「身為你的主治醫生，實在是不建議你在情緒低落時喝酒，容易做蠢事。」古司謙嘴裡這麼說，卻還是倒了兩杯酒。他笑道。「畢竟原本就已經夠蠢了。」

「你知道嗎？你是我見過最混蛋的人，但我就是喜歡你這種說一套做一套的調調。」他起身，把杯中琥珀色液體一飲而盡。逕自又倒了一杯。

「論起口是心非，你也不遑多讓啊。」他們十幾年的交情，世界上沒有人比古

司謙更了解他彆扭的性子了。「你從一開始就打算幫那個來路不明男人的孩子醫治，幹嘛不老實答應就好。」嚴隼人不會主動去幫人治療，但真的有人求他的話，他最後還是會答應的。就是因為這樣，他才會始終存不了錢買下醫院。

「……我看他下跪求情就一肚子火。」

古司謙笑道。「你是把他跟過去的自己重疊了對吧。」他一定是看那位求情的父親，想起了他當年為了娜娜到處求醫生的場景，觸碰了他深埋在心裡的傷口，所以才會這麼生氣。

「我就是看不慣他們都不付出努力，卻理所當然地認為別人應該無償的幫助他們。早點認清這世界的無情對他們比較好。」嚴隼人搖晃著酒杯，冰塊與玻璃碰撞敲出清脆的聲音。雖然是在說別人，卻也是在說過去的自己。

古司謙知道他在娜娜過世後付出了多少的努力。他原本考上商學院，後來憑自己苦讀重考進理組醫學院，當別人在玩樂的時候，他在讀書。當別人去約會時，他還在讀書。嚴隼人的天才外科醫生頭銜，絕對不是天上掉下來的禮物，那是他用努力換來的結果。

所以古司謙能明白他的心情。

娜娜的死是一個分水嶺。在那之後新生出來嚴隼人，憤世嫉俗，趨炎附勢，一

切向金錢看齊。但他同時又必須遵從娜娜善良樂於助人的本意，才不會讓妹妹的遺志從這世界上消失。所以才會塑造了今日矛盾的嚴隼人。

「你既然要答應的話就早點答應吧。小滿兒都這樣哭著求你了，不要讓喜歡的人傷心啊。」

「誰說我喜歡她了？」嚴隼人瞪他。

「不喜歡的話會讓她自己一個人在家？」

「不喜歡的話會聽到我帶她出去就緊張兮兮？」

「那就跟寵物一樣。」

「寵物走丟了都會緊張吧。」

「不喜歡的話你會在發病時還刻意忍耐不碰她？」

「沒有人會對寵物下手。」

「然後還會對寵物說娜娜的事情？」古司謙攤手。「你就承認了吧，你在乎她，而她也喜歡你。」

「我……」嚴隼人啞口無言。他從沒沒認真想過這些事情，只是自然而然的就發生了。一開始小滿像跟屁蟲，賴在他身旁，還一路跟到山裡陪他手術，到後來他也不是真心想趕她走了。他無法解釋為什麼自己發病時反而推開小滿，難道真的因

為是喜歡嗎？他向來不願意提起娜娜的事情，卻願意跟她解釋，只是怕她誤會吃醋。

他習慣了她的陪伴，那她呢？

小滿又是為何留下？

想到這點，他露出苦笑。「就算我在乎她好了，也不是你想的那樣，她是因為工作的關係才會待在我的身邊。」

「別忘了我好歹也是心理醫生，我看的出來那女孩喜歡你。她只是因為自己已經死了所以不敢承認而已。」

咳咳咳。

聞言，嚴隼人差點沒被嗆到。

「你怎麼知道她死了？」他現在才發現古司謙竟然也看的見她。難道是他們上次晚上出去，小滿把靈魂回收員的事情都告訴這傢伙了嗎？這讓他有點吃味。

「你上次不是說有看到幻覺嗎？所以我一開始就有點半信半疑。因為潔西卡一開始就有說過你自言自語的怪異行徑了。後來我帶小滿去買飲料時，店員也是同樣怪異的表情看我。我在開車時，特意觀察玻璃的反射，但卻沒有出現她的樣貌，就大概推測出來她不是人了。」

「不……這種事肯定沒有這麼好猜的吧。」嚴隼人忍不住吐槽。難道是這個世

界的標準變了，他跟不上時代了嗎？看的到鬼是這麼理所當然可以推論出來的事情嗎？

「難怪小滿當初接到我打過去的電話時，會這麼驚訝我聽得見她的聲音。」

「我說，你也稍微裝作吃驚一點的樣子吧。」

「你做了那麼多壞事，被鬼纏上我一點都不意外。」古司謙微笑。他看似溫文儒雅，人畜無害。實際上那張嘴卻非常毒辣。

「我剛不是說她是因為工作才留在我身邊了嗎？那傢伙說什麼她是負責回收靈魂，所以她一直在等我把人醫死，她就可以回去交差。」嚴隼人啐道。「但是她偏偏又容易心軟，看到病人救求我治療，這樣下去根本不知道哪時才能完成任務。」

「在收到靈魂前她都必須留在這裡嗎？」

「大致上就是如此。」

「那一切就簡單啦。」古司謙微笑。「你現在就順著她的意思把那個病人治好，這樣她就永遠無法交差，只能留在你身邊了。」

嚴隼人愣住。

這聽起來滿有道理的，他怎麼先前都沒想到。

「不用為自己愚昧的腦袋感到難過，現在趁那孩子還沒死趕快去醫治吧。」

古司謙話中的意思根本是：**你這酒鬼還要賴在我家不走到什麼時候，既然想通了就給我快滾！**

趕走那尊瘟神後，古司謙才終於取回沙發主導權，習慣看點電視才就寢。由於他的職業，每天都得接受不同的情緒，然後必須回饋專業建議與見解。他唯有看電視時只需要單方接收訊息，不需要做反應，才能真正放鬆心情。

他品嘗著被嚴隼人幾乎喝光，瓶底所剩不多的酒。隨意跳著轉台時，正要關掉提到總統的政治新聞節目時，突然一個畫面讓他改變了主意。

「這是……」

古司謙湊近電視，仔細將腦海中的樣貌跟眼睛所看到的資訊做比對。

◆

「怎麼會這樣？這孩子到底做錯了什麼？」

「他好不容易才剛睡著，你小聲一點……」

這幾天兒子不斷地哭喊不舒服，根本連沒辦法好好睡覺。到剛才又加重了止痛劑，他才終於能闔上眼睛。小小的臉上還掛著沒乾的淚水。

中年男子的話，她完全聽不進去。「他到底做錯了什麼？為什麼要受到這種懲罰？還是我做錯了什麼？如果是我的錯的話就懲罰我啊！為什麼我兒子會遇到這種

事情？為什麼……」婦人喃喃自語，這幾天來她整日以淚洗面，到後來心力憔悴，已經無力到哭不出來了。她不斷問這個問題，不斷地自責自己，是她做錯什麼事情，懲罰到兒子身上嗎？還是因為她這個母親當的不夠盡責，所以老天爺要將她的寶貝收回去？

面對她的質問，他答不上來。

那天是和平常一樣的日子，夫妻倆都忙於工作，所以暑假期間把孩子寄養在她外婆家。沒想到還趕不及接她回家團聚，就先接到了噩耗。一輛失控的跑車紅燈時錯踩油門，他們的兒子就這樣被撞成重傷。而跑車的主人卻只是雙腳骨折而已。

男子的雙手憤怒的握拳，指甲都刺進掌心裡面。

他的兒子，才只有六歲啊！他的人生才正要開始，不該就這麼結束！

他恨老天的不公！

恨王允中的兒子！

更恨有能力醫好他的嚴隼人！

「你不是說你要去求那個很厲害的醫生嗎？他很厲害吧，肯定能治好我兒子，肯定可以的……」她緊抓著丈夫的手，抱著一絲希望。

「不要提他了！那種人根本不是醫生……不對！他根本連人都不是！眼睛裡看

到的就只有錢而已，就讓他抱著錢著腐爛發臭吧！」

「如果他要錢，我們就給他啊！」婦人急忙說道。「王允中不是有給我們一筆醫療嗎？」

「他才拿二十萬而已！那也叫醫療費？那根本就只是想拿錢堵我們的嘴，要我們不要把他兒子幹的壞事說出去而已！」

「再不然我的嫁妝，還有當初結婚時爸媽送的金飾可以全部都拿去賣掉。」

「這點錢他連塞牙縫都不夠，根本沒放在眼裡。」

「那把房子也賣了，大不了我們搬去鄉下住……」

「你還不明白嗎？就算把房子土地車子全賣了，甚至是把我們兩個都賣了，也還是遠遠不夠！」中年男子對著妻子大吼，如果有辦法，他又何嘗不想救兒子。

「怎麼會……」所有人都跟她說孩子沒救了。現在好不容易看到一絲希望，怎麼能因為這樣就放棄。「那我們就去借……不，去偷……或是用搶也可以，反正一定要讓他活下去！」

中年男人心酸，留下滾燙的眼淚，抱緊妻子。「人家兒子命好，我們兒子命不好，就是這樣而已。」婦人聽到這近乎放棄的宣言，痛心疾首，抱著丈夫痛哭。

躲在角落的小滿，也忍不住流下了眼淚。

床上的年幼的孩子，臉上幾乎纏滿繃帶，全身無一處完好。插著呼吸器，瘦小的手臂也打著滴維持生命。在他哭疼的時候，會希望他能稍微睡一下，至少在夢中比較不痛。但他真的睡著後，又害怕萬一他再也醒不過來該如何是好。

雖然小滿是靈魂回收員，她的責任是把靈魂帶回去，但她也無法接受這種事情。這麼小的孩子，不該這樣就結束生命。

在她聽完隼人的過去後，她不自覺地將這孩子跟娜娜聯想在一起。同樣都是六歲，同樣都因為一場意外的車禍而重傷。她不希望他們都同樣因為錢的問題而喪命。

小滿下定決心。

就算是會被上司責怪也沒關係。任務失敗也沒關係。

她抹掉眼淚，決定要回家再好好的求隼人先生一次。他雖然嘴巴壞了一點，但絕對不是這麼絕情的人。小滿相信他一定會答應幫忙的。

小滿沒有發現，嚴隼人不知哪時又回到了醫院，靠著關係問到了這間病房房號。他在門外聽到這對夫妻的對話，露出諷刺的笑容。對於這種責罵，他早就習以為常。人們不知道為何總喜歡將自己的悲劇找個人來指責，彷彿這樣會讓他們比較好過似的，但他們通常最恨的卻不是害他們變成這樣的元兇，而是拒絕幫忙的人。

人跟人之間本來就沒有義務要互相幫助，這只是一種互利行為罷了。

當然，他自己也是如此。他恨這家醫院沒有救他妹妹，更勝於當初失誤撞人的司機。他唯有將痛失親人的痛轉移成恨，才能支撐他這麼久。但就算要報仇，他也不指望別人幫忙，完全靠自己努力的賺錢。

他只是不喜歡這種只會責怪別人，自己卻不努力的人。

嚴隼人才不在乎這對夫妻怎麼想，他的注意力都在房間裡的另外一個人身上。小滿。

才兩天不見，她看起來又更加瘦小了一點。她獨自縮在角落，以為都沒有人注意到她，默默守護著床上生病的小男孩。看著她為別人哭泣的淚水，讓他既生氣又不捨。

他承認自己會回到醫院，除了是他知道，要是娜娜活著會希望他這麼做以外，另外一部分是，他不能讓小滿達成任務。

反正你不是一直很想把小滿兒趕走嗎？她完成任務後就會離開了，你們永遠都不會再見面。

下弦跟他說過，只要讓務達成小滿就會回到冥界。所以反過來說，只要那傢伙一直沒辦法從他這邊回收靈魂，她就無法回去交差。

小滿就會永遠待在他的身旁。

或許真的被古司謙說中了，他自己在不知不覺中喜歡上她了。光想到她能永遠留下，就讓他嘴角不自覺的上揚。他們會常常鬥嘴，還會搶食物，或許還會為了要不要救人而爭論。但他知道不管怎麼樣，他們會過得很愉快的。

正準備推門進去病房時，口袋裡的手機正好震動了。

「喂，先不要答應幫他治療。」古司謙打來劈頭就丟下這句話。

「啊？」

「你不是打算幫那個孩子治療嗎？先不要答應。」

嚴隼人沒好氣道。「不久你不是才耳提面命提醒我一定要來幫他治療嗎？怎麼現在改口比賀爾蒙週期輪替還快？」

「我是認真的，你一個人來頂樓的單人病房，一定要避開小滿……」

「為什麼？」

「現在沒時間解釋了，總之你快上來。」他停頓了一下。「你知道我在說哪間病房。」說完就掛斷電話。

簡直莫名其妙。

他要醫治誰，古司謙從來沒有過問，也不曾干涉過。怎麼這次會特地打電話來阻止他？

嚴隼人看著病房裡難過哭泣的小滿，他只想立刻衝進去把她擁進懷裡。

但他遲疑了，他很在意古司謙所說的那間病房。那位病人，跟這件事情有什麼關係？為什麼會突然提到她？又為什麼要他避開小滿？

他碰觸到門的左手又縮了回去，決定先上樓搞清楚是怎麼回事。

他遵照古司謙所說搭上了電梯。

醫院的病房從健保給付的四人房以外，另外還有補差額升等的兩人房，而更好一點的還有單人病房。院方美其名是讓所有病患登記牌順序，所有人就醫機會平等，但其實後面兩者因為數量少，所以是就算付的起也未必等候的到床位。尤其是單人病房，通常沒有一點身家背景的人，根本永遠等候不到，連想都不用想。

說穿了，這就是社會階級的縮影。

不論任何時代，或是任何體制下，人類都會自動劃分階級。馬克思・韋伯認為階級是由市場狀況決定的，除了通過經濟狀況劃分以外，還必須通過身分、榮譽、價值觀、生活方式的自我認同才能成為階級。

嚴隼人認為根本沒有這麼複雜，唯一讓人不平等的，一直都只有錢而已。

有錢的人享有特權，僅此而已。

舉例來說，為什麼他現在要去的這間高級的單人病房，會位於醫院最高層，理

由一直都很單純——因為頂樓的風景最好。

他踏著高級的大理石地板，來到這間病房外。十二年前，娜娜剛過世的時候他曾經來過。這一次，在門外猶豫了許久，最終卻沒有進去過。因為他怕，他害怕自己要是推開了那扇門……

會衝動想要殺了她。

「你怎麼還站在外面。」古司謙打斷了他的思緒，從門後探頭出來。「快進來吧。」

「你找我來這裡做什麼？」嚴隼人瞪他，因為他明知道他不願靠近這裡。「我這輩子都不想看到她。」

他不想見她，因為她奪走了娜娜的一部分。

他想見她，因為娜娜的一部分，正活在她的身體裡面。

「我知道你不想看見議員的女兒……不，現在應該總統的女兒才對。」

嚴隼人冷笑，那種人也能當上總統。當初這個議員向醫院施壓，害娜娜延遲醫治。她的死雖然不是議員主動加害，卻也脫不了關係。而且後來娜娜捐贈的腎臟，也被他們用手段移植到她女兒身體裡。當年的議員靠著生病的女兒建立形象跟博取同情票，活躍於政壇，終於在去年選上總統。

「你還是先進來吧。」

「你打給那老頭了?」

古司謙的背影停格了一下，點頭。

事實上未經允許是不可以隨意進病患的房間的，更何況是總統的女兒，門外可是二十四小時全天都有人輪班，值勤在外守候。嚴隼人知道這一定是他動的手腳，畢竟古司謙可是這間醫院理事長的兒子。他只要打電話跟他父親說一聲，要把人支開根本不是難事。

嚴隼人知道古司謙有多痛恨自己的出生。能讓他不惜破例找理事長幫忙的到底是什麼事情?

「她不是已經移植娜娜捐贈的腎臟了嗎?怎麼還在醫院?」

「你自己看吧。」

寬敞的病房裡，諾大的病房因為陽光照射而明亮，牆壁上還精心擺設掛了風景油畫。而正中間的床上，那位前議員的女兒闔著眼，沒有因為他們到來而清醒。這十二年間，她已經從原本的小女孩，蛻變成女人了。

嚴隼人看著她蒼白小巧的臉，驚愕地說不出話來。瞪著床上瘦弱的身軀，心裡浮現無數的疑問。

這是怎麼一回事？

他被耍了嗎？

她怎麼會在這裡？

她到底是誰？

種種疑惑交雜在他腦袋裡，轟轟作響。

「這孩子當初的確是靠移植娜娜的腎臟治好了。」古司謙看他沉默許久，率先開口。

「……後來又因為自殺被送進來？」嚴隼人的語氣正壓抑著一股熊熊的怒火。她們在厚顏無恥的偷走娜娜的生命後，竟然還不好好珍惜，隨便就自殺。這點讓他無法諒解。

「她跟你一樣得知手術的真相後，她就拒絕進食，半年前昏迷被送來醫院後，就一直沒有醒過來了。」

「她這麼做有什麼意義？是想博取誰的同情？」

古司謙嘆氣。「……我想，她一定是因為對娜娜感到內疚，所以才不願意用這種方式獨活。」

「她內疚？內疚有什麼用！難道這樣娜娜就會活過來了嗎？」嚴隼人像是一頭

負傷的野獸，朝他咆哮。

「你冷靜一點，我明白你的心情。但是你不該遷怒到她身上。這孩子從出生就生病，從來沒有體驗過一般人的正常生活。她從來沒有站在陽光下，也沒有真正奔跑過。就連手術或是選擇要不要存活，一直都不是她能決定的事情。她活著，卻從來沒有真正活著過。」

她從來沒有站在陽光下，也沒有真正奔跑過……

嚴隼人好恨這一切，但他卻不知道要去恨誰。司機無心的過失，議員卑劣的行徑卻是基於父愛。他的娜娜無辜，但這議員的女兒又何嘗不無辜？娜娜雖然只短短活了六年，卻是紮實充滿快樂跟愛的六年。而議員的女兒雖然說活了二十年，卻是成天躺在床上與消毒水度過。

他抬起頭。「我才不管她怎麼想，反正她體內還有娜娜的一部分，我不准她就這樣輕易死去！快張開眼睛！給我好好活下去啊！」他憤怒的雙眼裡，映著床上那個人的身影。其中交雜著複雜的情緒，既心疼又不捨。

他看似命令，實則為哀求。求她不要尋死，求她多珍惜自己一點。

不管嚴隼人如何生氣的對著她大喊。她仍是毫無反應，就如同童話故事中的睡美人一樣，沉睡不醒。

她怎麼能這麼傻？她等了半輩子才換來的健康的身體，卻因為內疚而選擇自殺。古司謙拍他的肩膀，希望他能冷靜下來。「她再這樣昏迷下去，恐怕時間不多了。」

嚴隼人身體一震。「時間不多了是什麼意思？」

「我問過負責的醫生，他們是判斷很有可能撐不過明晚了……要不要幫另外那家的孩子動手術，就由你自己判斷了。」

「我絕對不會讓她死的。」

他現在已經不恨她了，不會再把娜娜的死怪罪到她身上了，他只希望她能張開眼睛就好。

「我不會讓妳死的，說什麼都會救活妳。」嚴隼人向她發誓，更是對自己發誓。

「妳要是敢隨便死掉我絕對不饒妳。」

他的答案，就只有這個而已。

◆

高級住宅的電梯門打開，就看到小滿蹲在家門口，屈膝抱著頭蹲坐在這，整個人捲曲成一團，不知道在這裡等了多久。她像是被遺棄的幼犬，看起來既沮喪又可憐兮兮的。

「妳怎麼還在這?」

他其實想問的是怎麼不先進到屋裡等他呢?她應該有辦法直接進去吧?窩在這裡要是感冒了怎麼辦?

但不行,他不能展現他的溫柔跟體貼,因為他知道自己無法狠下心來拒絕她,不能讓她有機會問出口。所以只好裝作漠不關心。

嚴隼人壓抑自己想抱起她的衝動,刻意裝作冷漠,開啟門扉的電子鎖。看都不看她一眼就自逕走進去房子。

小滿的心臟一陣抽痛,雖然一直是她自己賴著不走,但是他們之前相處也是有聊有笑,她以為他們相處還算愉快。但自從醫院他們意見不合分開後過了兩天,嚴隼人到現在都還沒正眼瞧過她。她寧可看他生氣的模樣,也不喜歡現在這樣被當作空氣依樣,好像她根本就不存在。

她害怕這樣的隼人先生,更害怕得知自己在他心中一點分量都沒有。

但是想到病床上那個孱弱的孩子,她還是忍住了想轉身逃跑的衝動。小滿提醒自己來這裡的原因,她是為了求隼人醫治那個孩子,現在說什麼都不能回去。

房子裡,總是上著鎖的手術室,竟然意外地開啟了。小滿從門外偷看,只見嚴隼人在整理他的手術用具,看起來就像是要為動手術做準備。

她就知道！

隼人先生雖然嘴巴壞，但是絕對不會見死不救的。他現在不就要準備去幫那個小男孩看病了嗎？

小滿心裡一陣感動，撲過去從背後抱住他結實的腰。「隼人先生！我就知道你只是嘴巴壞而已，其實是個好人。」

他身體一僵，小滿柔軟的身體忽然抱住自己，他根本招架不住。隔著布料可以感受到她冰涼的體溫，她身上不向其他女人那種濃郁的香水味，而是有一股淡淡的水果香，像是甜橙那樣好聞。

他想把她狠狠地摟進懷裡，親吻她粉嫩的紅唇，奪取她的芬芳。

嚴隼人忍了下來，趕緊把小滿拉開。他深呼吸，強迫自己恢復冷靜。

他喉嚨乾渴，聲音沙啞。「我不是什麼好人。」

「你當然是啊。」小滿笑臉吟吟，熟軟的小手緊緊握住他的大掌。嚴隼人才發現好像好久沒看到她的笑容了。「謝謝你終於答應幫那個小弟醫治了，剛剛他父母還很傷心，聽到這個好消息一定會很高興的。」

「我沒有說要幫他治療。」

小滿愣住。「可是你……你不是在收拾手術房要幫他開刀嗎？」

「我是在為開刀做準備沒錯，但不是幫他。我接下別的案子了。」

「那你要幫誰開刀？」

嚴隼人故意露出殘忍的笑容，想讓她死心。「總統的女兒。」

「你怎麼能這麼做！」小滿驚呼。「是那個大叔先求你的耶。」

「不對吧，照時間上來看，是總統先來的。」

小滿回想總統來的時候，也是一臉疲憊的樣子。

「那你可以兩邊都救嗎？這個世界上就只有你能幫那個孩子了……」

「我沒有拒絕他，是他付不起我開的價碼而已。」

「隼人先生，算我拜託你了，錢的話那個大叔一定會慢慢還你的，我也會幫忙想辦法……」

「妳這個自殺死掉的人能有什麼辦法？」嚴隼人一字一句都像鋒利的刀刃，刺痛她的心，也刺痛他自己的。

「我……」

小滿無法反駁。誰叫她要自殺呢？

死掉就什麼也沒了……

「我就老實說吧，我根本看不慣妳這種假好人的個性。妳明明是靈魂回收員，

幹嘛還假惺惺幫人類求情。」

「我……這我也知道，但是我就是沒辦法不管那孩子……」

「我反問妳，假使我今天聽妳的話去幫那孩子治療，結果總統的女兒卻死了。」他緩緩說道。「這樣妳所認為的正義，還能稱之為正義嗎？」

小滿說不出話來，她完全沒有想過這件事。

要是因為她的多管閒事，反而害死了別人該怎麼辦？

原本以為嚴隼人只因為那孩子沒錢就不肯治療，感到不公平。但今天反過來說，如果她今天因為這個原因，要求嚴隼人一定要治療那孩子，反而害有錢人家的孩子錯過治療。這樣的話，對方不就也是因為「有錢」而受害嗎？

窮人家的孩子可憐，難道有錢人家的孩子就不可憐嗎？

她真的有權利決定誰可以活，誰又該死嗎？

我兒子到底做錯了什麼？為什麼要受到這種懲罰？為什麼他會遇到這種事情？

到底為什麼……

我們孩子命不好，就是這樣而已。

小滿腦袋裡亂哄哄，全都是那位母親哭泣的聲音。千頭萬緒卻理不清，越想越混亂。原本一心一意想幫助那孩子，現在她卻不知道該怎麼做才好了。

原來誰都沒有做錯，那孩子沒錯，他父母沒錯，總統的女兒沒錯，嚴隼人也沒錯。就只是小滿自己沒有能力幫助別人而已……

嚴隼人看她難過地哭泣，手掌暗自握拳，強忍住她擁入懷中的衝動。

「身為冥界的靈魂回收員，妳現在該做的事情應該就只有等那孩子死掉，好好地把靈魂帶回去，好好安排他的下輩子，這樣就夠了。」

小滿再也聽不下去，哭著跑走了。

空蕩蕩的手術室裡，只剩他一個人。

他憤怒的捶病床，把所有東西都撥到地上。他痛恨自己把小滿弄哭，痛恨不能衝過去幫她擦去眼淚，痛恨不能好好安慰她。

但他不會後悔的，他的選擇沒有錯。

「這樣她就可以完成任務了吧？」他對著空氣詢問。

上弦不知道何時來到他身後，靜靜佇立在手術室外。「我謹代表冥界感謝你協助。」向他鞠躬致謝，隨即跟著小滿離去。

第九章

再度回到醫院時，小滿躊躇在開加護病房的門，遲遲不敢進去。她覺得自己已經沒有臉見那孩子了，明明已經在心中發過誓要救他，但是她卻什麼忙也沒幫上。小滿嘆了口氣，心情沉重地推門進去。

不管怎麼說，還是得好好向那孩子道歉才行。

原以為打開門會聽到婦人的哭泣聲，或是中年男子的怒吼，沒想到卻靜悄悄的，安靜地令人恐懼。小滿閃過一絲不祥的預感，趕緊衝進去，只見男孩躺過的病床上，棉被整齊的摺好疊在床角，旁邊的生活用品，毛巾水果等，也都全部清的空空蕩蕩，只剩下醫院原有的基本設備而已。

通常會離開醫院只有兩種可能，走著出去或躺著出去。一種是痊癒離開，另一種則是……

不會的，不會這麼輕易就死掉的！

小滿甩頭，拒絕相信這種結局，想循著男孩的死亡氣息追去確認。一轉身，就

看到一個滿頭波浪捲髮妖豔的女子擋在病忙門口。

「下弦姐姐？」

「小滿兒，恭喜妳啊。」她擦上口紅的嘴唇湊過來印滿小滿的臉頰。

「恭喜？」小滿困惑。

「這病房原本住的孩子今晚就會死了。這樣妳就趕上靈魂回收最後的期限，不用被罵了。」下弦笑臉吟吟的祝賀。

「所以說他還沒死嗎？」小滿只聽到這點，暫時鬆了口氣。「太好了……」

「也沒剩多少時間了，從這種濃厚的死亡程度看來，最多不會超過今晚午夜。」

剩不到十二個小時嗎？

通常醫院的病患到最後無法醫治，確定會死亡時，家人通常都會拜託醫院讓病人回家，希望他們是在熟悉的地方嚥下最後一口氣。

「那他現在在哪裡？」

下弦笑著走過來，抬起小板的下巴。「小滿兒，妳該不會還想救他吧？」

「我……」小滿心裡亂糟糟的，她其實也不知道該怎麼辦才好。「我只是想知道他現在在哪裡而已……」

「知道他在哪裡，又能如何呢？」

「我只是想陪在他身邊而已……」

下弦走過去牽起她的小手。「妳就算去了也幫不上任何忙，只會徒增痛苦而已。還是等他死的那一刻再去吧。乖，聽下弦姊姊的話。」

「我不是為了他，是為了我自己。我答應過那孩子要救他的，但是我卻食言了……所我想在最後這段時間陪著他，當作賠罪。拜託妳，下弦姊姊，請告訴我那孩子的地址吧。」

下弦嘆了口氣，搔頭。「唉，上弦真是的。她不忍心拒絕這麼可愛的小滿兒就叫我來。難道我就忍心嗎？」

她從包包裡拿出資料夾。她把手中的本子給小滿，提醒：「妳先前求嚴隼人救這孩子的事情，我們可以裝作不知道，但是不可以再犯了，小滿兒。別忘了妳上繳靈魂截止時間是今天午夜十二點，妳已經沒剩多少時間了。而且他是嚴隼人拒絕醫治的靈魂，正好可以導正之前的錯誤。」她抱著小滿。「任務只能成功，失敗的話後果將無法挽回。」

小滿接過資料夾，緊緊的抱在懷中，點頭。「好的。」

「答應我，妳無論如何都要把他的靈魂收回來。」

「我……」

「答應我。」

小滿遲疑了許久，才緩緩點頭。下弦心疼地輕吻了她的額頭，踏著鮮紅的高跟鞋離去。

空蕩的病房只剩小滿一個人，她整理了一下情緒，提起精神看下弦姊姊給她的資料。那是冥界記載每個人生平的資料，這裡頭應該有寫到男孩的地址。當初小滿就有一份是嚴隼人的檔案，沒想到他那時還為此發了好大的火，現在想起來，他一定是為了要阻止自己提到娜娜的事情，所以那時才會那麼生氣。

小滿有點羨慕娜娜，因為她有一個這麼關心自己的人。連她死後都能把她擺在心裡的第一位。

那她呢？不知道她死掉後還有沒有人記得她。

現在真的是完全想不起來自己當初要自殺的原因了，但自己肯定是遇到了很難過的事情吧？

小滿胡思亂想著才剛踏出病房，就聽到似乎有人在呼喚她的聲音。

小滿，快醒來，小滿……

她覺得頭痛欲裂，是誰在叫她的名字？

鼻腔裡聞到醫院特有的消毒水味道，不知道為什麼，明明應該是陌生的味道，

但是她從一開始來到這間醫院時，就有種莫名的熟悉感。既熟悉，又哀傷的感覺，彷彿她在這裡待了好久好久，一輩子那麼久。

醫院的出口在右側，但是那個呼喚她的聲音越是從右邊傳來的。

她邁出了右腳，不自覺的循著聲音而去。

給我好好活下去啊！

那是一個男子的聲音。

那聲音聽雖然像在生氣，但又矛盾的充滿哀傷，在她聽起來就像是受傷的動物在哀號，不斷地命令她張開眼睛。但她不就在這裡了嗎？小滿感到困惑。

還是說，這是生前的記憶呢？

她想不起來聲音的主人是誰，但是肯定是深愛著她的人。或許是她也曾經深愛過的人也說不定。

如果有這樣的人存在的話，她當初怎麼捨得自殺呢？

她循著聲音往上爬樓梯。每靠近一點，聲音就越來越清楚。

最終她停在一間病房外。

小滿全身因為恐懼而顫抖不停。

為什麼？

為什麼這間病房，會這麼眼熟？包含走廊光線的角度，和牆壁上的壁畫，全部都相識的令人害怕。她甚至不用親自走過去，就知道護理站在走廊右手邊的死角，而再過去一點還有茶水間。

會什麼她會知道？

難道她死前就是住在這裡嗎？

我絕對不會讓她死的。

腦海中的聲音，與病房裡傳出的聲音重疊。

「就算她是害死娜娜的那個人的女兒，你也確定要幫她動手術嗎？」另一個人問道。

如果今晚她還無法醒來的話，就確定進行手術。

對方似乎嘆口氣。「總統都求了你那麼久，你都不肯答應。沒想到最後還是決定動手術了。這大概就是命運吧？」

我不是因為那個老頭的緣故才決定動手術的，今天這件事我也沒打算讓他知道。

但她是無辜的，不能讓她就這樣死掉……

她終於認出這個聲音了。

小滿推開門衝進病房，這是一間寬敞且明亮的房間。只見她想念的嚴隼人和古

司謙分別站在病床的兩側。而床上躺著一個蒼白的少女……

是小滿她自己！

為什麼她會在那裏？

「這是怎麼回事！」看著床上的人有著與自己一模一樣的臉孔，她失聲尖叫。

嚴隼人趕緊過去抱住她，小滿像溺水的人那樣無助地抓住他的衣服。「隼人先生，這是怎麼一回事？我不是已經死了嗎？為什麼我會躺在那裏？」

「小滿，沒事的，我就在這裡陪妳。妳先冷靜下來。」他拍著她的背，過了許久，她的情緒才逐漸冷靜下來，呼吸才變的平穩。

「好一點了嗎？」古司謙遞了開水給她。

小滿虛弱的點頭，整個人窩在嚴隼人的懷裡。

「……床上那個人是誰？是我的雙胞胎嗎？」

他看了古司謙一眼，後者緩緩點頭。

嚴隼人嘆了口氣說道。「小滿，妳冷靜下來聽我說。妳的本名叫做孫于滿，其實妳還活著，只是陷入昏迷而已……床上那個人就是妳的身體沒錯。」

古司謙補充。「我們猜想這可能就是所謂的靈魂出竅之類的，詳細的部分，可能要問冥界的人才知道了。」

「騙人！如果我沒死，怎麼能當靈魂回收員？」

「妳曾經因為某個理由而自殺未遂……雖然沒有真的死掉，但畢竟還是觸犯了冥界的規矩，所以才會被抓去當靈魂回收員。」嚴隼人避開了她自殺的理由不談，怕她還會為了娜娜的事情自責。

「所以我還沒死……？」

嚴隼人大力點頭。

「所以我還活著……？」

「對，妳還在這個世界上活得好好的。」

小滿淬不及防地流下眼淚。「太好了，能活著真的是太好了……我之前一直遺憾自己已經死了，一直想說要是沒有死的話會怎麼樣，現在我終於可以喜歡隼人先生了……」

原來她一直在煩惱的是這個……

嚴隼人鼻頭一酸，將她摟的更緊。「我絕對不會讓妳死掉的。下弦他們答應過我，只要妳能好好地完成任務，就可以再回到原本的身體裡面了。」

所以上弦跟下弦姊姊他們早就知道她沒死，難怪她們會一直催促她上繳靈魂的期限。

只要她能順利把靈魂帶回去，就能重新以人的身分活在世界上，她就可以正大光明的喜歡隼人先生了，不用再因為自己已經死掉而感到難過。

她終於能向隼人先生告白了，雖然不知道他會不會接受自己，但是與之前的毫無機會相比，已經好的太多了。

只要能順利把靈魂帶回去話……

嚴隼人感到懷中小滿身體僵住，關心道。「怎麼了？」

「你昨天說要救的總統女兒，就是我對不對？」

「對。」他承認。

「隼人先生，不可以！」她緊張的抓著他的雙手說道。「妳是因為想讓我把靈魂帶回去才不肯救那個男孩吧，對不對？」

「我已經下定決心了，不管怎麼樣都不會讓妳死掉的。」

「隼人先生！」小滿苦苦哀求。「算我拜託你，一定要救那個男孩。如果又要犧牲別人的話，那我當初自殺有什麼意義？」

小滿脫口而出這句話時，自己也被嚇到。

所有的一切她都回想幾來了。

就算她是害死娜娜的那個人的女兒，你也確定要幫她動手術嗎？

古司謙剛才不是才說過嗎？她苦笑。「原來你說的故事裡，那個害死娜娜，壞議員的女兒就是我嗎？」原來當初就是她的父親執意要她動手術，才會害死了嚴隼人的妹妹。

「小滿……」

「隼人先生，我不想要再過著這種生活了，如果要犧牲誰才能救我的性命，那我寧可不活了，請你務必一定要救救那孩子，我沒有靈魂拿回去也無所謂。」

「不行。」嚴隼人撇開頭，語氣裡完全沒有商量餘地。「妳的身體現在已經很虛弱了，靈魂要是不趕快回到身體裡面，我就算動手術也沒有自信能幫妳醫治。只有這件事情我是不會退讓的。」

「再不然，我還是能當一輩子靈魂回收員啊。」

「不，妳還不明白嗎？妳已經沒有下一次機會了。要是今晚沒有順利回收靈魂的話，不知道會受到冥界什麼懲罰，說不定再也不能投胎輪迴了也說不定啊。」所以當初下弦他們才會耳提面命的警告他不要插手，就是為了要救小滿。

她咬著下嘴唇。「隼人先生，死者家屬的悲傷心情，你應該最能理解的不是嗎？」

「正是因為我了解失去心愛的人有多痛，所以我才不願再失去妳啊！」嚴隼人

幾乎是用吼的說道，他無法想像失去小滿的世界會是什麼樣子。「我喜歡妳啊，小滿。妳不是也說喜歡我嗎？就當作為了我而活不行嗎？」

有他這句話，她就滿足了。

小滿兩行眼淚從臉頰滑落，搖頭。「我喜歡隼人先生，真的很喜歡。但是請不要逼我再次背負這種罪名，犧牲別人而活，我這樣活著，比死還痛苦……」

這樣活著，比死還痛苦嗎？

原來她背負著這麼多，他根本什麼也不懂，先前還擅自將娜娜的事情遷怒到她身上，明明整件事情她都沒有決定的權力，生死都讓人控制著。就連現在，他不是也在做同樣的事情，想要犧牲那個男孩的生命讓她活下去嗎？

這樣一來，他跟那個議員做的事情，又有什麼兩樣？

嗶嗶嗶嗶。

「隼，她的脈搏又下降了，這樣下去肯定撐不過今晚的。」古司謙焦躁地看著一旁的儀器。

「我不會讓妳死的。」嚴隼人深呼吸。

「隼人先生！算我拜託你，求求你了，隼人先生！」小滿拉著他的手臂。

「我絕對不會讓妳死的。」他還是這句話。「我要兩邊同時進行手術，快去準備，

我們時間不多了。」世界一流的外科醫生，決定拚上技術，賭這一把。

◆

「下一條路口要右轉。」小滿坐在副駕駛座，看著下弦給她的資料指示嚴隼人開車方向。

嚴隼人就算醫術再怎麼厲害，他都畢竟還是密醫，無法公然在醫院執行手術。所以他拜託古司謙想辦法幫忙把孫于滿的身體偷渡去他家。而他自己則和小滿趕去小男孩的家中，要去載他一起進行手術。

「隼人先生，謝謝你。」

「謝我什麼？」他專注地駕駛黑色保時捷，不時的換檔，快速穿梭在城市車陣中。只為了趕快接回男孩，才能回去幫小滿動手術。

時間每過一分，就意味著小滿的存活率又低了一分。

「謝謝你答應救那個男孩。」

「我才沒答應要救那個傢伙。」

「噯？」小滿愣住了，他們現在不就在趕去男孩家的路上嗎？難道他又改變心意了嗎？「隼人先生？」

「我只說要救妳而已，但是不醫那孩子的話妳死都不肯讓我幫忙，所以我只好

『順便』幫他治療了。」嚴隼人不滿之情全寫在臉上了。「所以說你要是在我醫治你之前隨便死掉的話，我一定饒不了你！」

小滿開始覺得，自己好像能稍微理解這個男人的關心方式了。不禁嘴角上揚。

車子停在巷子口，因為路太小而無法通行，所以只得用雙腳走路進去。他們比對著門牌的號碼，終於來到老式公寓的門前，鐵門上的紅漆早就斑駁脫落，露出來的金屬大多已經生鏽。

開門的是一個哭的眼睛紅腫的老奶奶。

「我是來醫治那孩子的，快把孩子讓我帶走。」嚴隼人沒時間好好解釋了，直接講重點。

「什麼醫治！我孫子都快死了！嗚……」老奶奶激動得大哭，根本不懂他在說什麼。她只知道她可愛的小孫子就快死了，她那可愛的孩子，怎麼這麼命苦，

「借過一下。」嚴隼人閃過她，直接朝屋內闖入。他必須直接確認孩子的情況才行。

「欸！你這個人怎麼這樣沒禮貌！救命啊，有小偷喔！」

「老奶奶，對不起啦。」小滿向她道歉，只可惜她根本聽不到。

中年男子聽到老母親的呼喊，趕緊從室內跑出來，正好對上嚴隼人的視線。他

滿肚子怨氣無處發洩，一拳就先揍過去再說。嚴隼人措手不及，臉被打個正著，嘴角還流血。

「隼人先生！」小滿驚叫，趕緊跑去扶住他。「你這個人怎麼這樣！」她罵中年男子。

◆

「你來做什麼！要錢我們可沒有！」男子當然只看得到嚴隼人，對他怒吼。

「閃開，快讓我看你兒子的情況。」嚴隼人冷靜的用衣袖擦拭嘴角的血跡，現在沒時間跟他算帳，等手術結束時，他一定加倍奉還！

「我兒子已經死了！」

小滿跟愣住。「怎麼可能？我感受到的死亡氣息還很濃厚，不像是死掉的樣子。」

「是嗎？」嚴隼人也不多問，轉身就要離開。「那就打擾了。」他一刻都不願停留，既然男子不讓他治療，那他也懶得確認那孩子的生死，寧可趕回去陪在孫于滿的身邊。

「請等一下！」婦人氣喘吁吁地從室內跑出來，她剛寸步不離的守在兒子身旁，卻聽到客廳有人自稱是醫生，但是不曉得為什麼丈夫要趕對方走，趕緊出來阻止。

「我兒子還活著！他沒死！拜託你一定要救他！拜託你！」她因為猛然站起身因為貧血而感到暈眩，但她還是強撐著身體，說什麼都要留住醫生。

「老婆！」男子生氣的想要阻止她，卻被她打了一個巴掌。

「我兒子還活著！誰都不許說他死了！不要為了你那無聊的自尊跟仇恨錯過任何可以救他的機會！」婦人轉過身央求嚴隼人。「醫生，拜託你一定要救他。」

嚴隼人和小滿在她的帶領下來到裡頭的房間。

只見小男孩臉上毫無血色，看起來一腳已經踏入棺材。必須要很仔細看，才能看見棉被微弱的起伏。

婦人見他臉色凝重，眉頭深鎖，不禁緊張。「你是世界第一的外科醫生，一定可以治好我兒子的對不對？你一定可以的。」她說給他聽，同時也是說給自己聽。她自己得要先相信兒子能活下去才行，她是不會放棄的。

「他回到家中多久了？」

「多久？……」婦人答不上來，因為她一直坐在兒子床邊，根本不敢看時間。

「三個小時。」中年男子不知哪時出現在房間口，他的臉因為妻子的巴掌而腫起半邊。小滿緊張的跳起來擋在他跟隼人先生中間，怕他又亂打人。

「醫生，剛才真的很抱歉……」他低頭道歉，其實他也是很關心兒子的，所以

當初才會不惜跪下求嚴隼人。剛才因為關心則亂，他一心認定嚴隼人對他兒子見死不救，才會揍他。幸虧妻子的巴掌讓他冷靜下來。想通了對方是專程趕來家中要為兒子治療時，才終於意識到自己差點釀成大錯。

嚴隼人根本不管他的抱歉。「三小時嗎？」他診斷著眼前的情況，這孩子原本身體就很虛弱，離開醫院後又奔波了一段路才回到家，讓情況變得更嚴峻。再加上家裡的護理設備根本比不上醫院，讓他的病情加重，如今真的是僅存一口氣在支撐而已，根本不可能再帶他回到嚴隼人的家中動手術。

他放下聽筒，把口袋裡的車鑰匙丟給中年男子，下令：「去巷口把我車裡的手術包拿來，我要直接在這裡動手術。」

「在這裡？開什麼玩笑！你在玩弄我兒子的生命嗎？」男子憤怒地拒絕。

他無視他，繼續向婦人交代。「妳去用鍋子燒熱水，越多越好，記得一定要煮沸才能消毒。另外準備幾條乾淨的毛巾，也要消毒後拿給我。」

「喂！」男子怒吼，楸著他的領口。

嚴隼人把他的手甩開。「你給我聽好，這些話我只講一次。我本來就沒有義務救你兒子，既然現在我已經決定插手了，你最好就閉嘴聽我的指示。都是你們無知隨便把他帶回家害他體力下降，他現在情況根本撐不回醫院，所以我評估後才會決

定在這裡現場動手術。老實告訴你，現在就算是我動刀，也只有四成的希望而已。如果你還是不願意讓我治療，那就別浪費彼此時間。還有別人在等我手術。」

男子啞口無言。「嚴醫生……對不起，我這就去拿手術用具。」他握著車鑰匙衝出門。

房間裡轉眼間只剩他跟小滿，還有病床上的男孩。

「抱歉了。」嚴隼人幫小滿把散落的頭髮塞到耳後。「請再等我一下，我這邊結束後立刻就趕回去幫妳治療。」

「不，我才要謝謝你呢。」小滿臉頰貼著他溫暖的大掌。她看出他眼中的不安，原本是希望能同時進行手術，現在這樣一拖延，小滿他本身的情況就更危及了。儘管如此他還是遵守了他們的約定，幫這孩子治療。「別擔心，我不會死的。」

嚴隼人俯下身，吻了小滿水潤的雙唇。

「不准死，不准離開我……」

◆

以小男孩的傷勢，就算要手術時間超過二十個小時也很正常。

這還是指在一般設備齊全的醫院。

而在器具缺乏的家中，嚴隼人用氣囊搭了一個臨時的無菌室，憑他世界一流的

手術技術，努力將時間縮減至六個小時，已經可以刊上金氏世界紀錄了。但他仍是覺得不夠滿意。

應該再快一點的，如果能再快一點就好了。

他扶著牆壁走出房間，因為過度專注，現在緊繃的精神一放鬆，忽然使不上力，無法順利脫掉身上的手術衣。

在外頭等候許久的小滿，趕緊衝過去扶助他。

又來了，嚴隼人的手劇烈顫抖著，這次發作情況比以往更嚴重。大概是因為病患的年紀跟當年的娜娜差不多，加上又同樣是車禍的事件，讓他的潛意識把兩件事情重疊了。

嚴隼人忽然聽到身後傳來哽咽聲。「醫生……真的太感謝你了！」中年男子情不自禁地淚流滿面。原本他都放棄希望了，沒想到兒子竟然被救活了。這份恩情，真的是一輩子都無以回報。

「我的手術只是暫時處置而已，等他情況好一點你還是得把那孩子送回醫院照顧。」

「我們會努力湊錢還給你的……」

「不，我不要你的錢。」嚴隼人打斷他。「不過如果你能扶我回車上，就幫大

忙了。」

「醫生，失禮了。」他為他脫下乳膠手套和解開背後手術衣的結。「您累成這樣還要趕回去嗎？雖然我們家比較簡陋，但您要不要稍作休息一下，吃個飯再走？」中年男子慰留他。

「我贊成！隼人先生應該要休息一下。」小滿舉高雙手贊成。

嚴隼人搖頭。「家裡還有人在等我動手術，不回去不行。」

「可是……」男子遲疑，看醫生累成這樣連站都站不穩了，要怎麼幫人動手術？

「麻煩你了。」嚴隼人的眼神裡，有不容人拒絕的堅定。中年男子嘆了口氣，只得讓他的手臂搭著他的肩膀，扶著他上車。

當初來這裡時天空還是亮的，轉眼間夜幕低垂，已是夜晚。

嚴隼人呼了口氣，繫上安全帶。卻又被小滿解開。

「你先休息一下，我們再回去。」

「沒那個時間了。」剩兩個小時就過午夜了。現在說什麼都要趕回去。不然小滿上繳靈魂的期限一到，就危險了。

「但是你這樣開車太危險了。」

「不會有事的。」嚴隼人勉強擠出一個微笑。「妳忘了我在山裡開車的技術了

嗎?還是我下次有空再帶妳去轉兩圈，讓妳回想在山裡奔馳的滋味?」

「我是認真的，你剛幫那孩子動完手術，現在身上都沾到濃厚的死亡氣息，這樣我很擔心……」

嚴隼人越過座位，將小滿拉近自己，用嘴堵住她剩下的話。小滿被緊緊抱住，被吻的腦袋一片空白，幾乎無法呼吸。「……你好賊。」她喘著氣，滿臉嬌紅。

「剩下的部份等妳身體好了以後我們再繼續。」嚴隼人壞壞一笑，重新坐定，發動汽車。

為了盡快趕回家，他選了一條紅綠燈少，但要稍微繞路的路線。現在家裡中雖然有古司謙幫忙看顧孫于滿的身體，但那傢伙是心理醫生，真要急救時他可能沒多大用處。

「隼人先生，你還好嗎?」小滿不安地問道，因為從剛離開男孩家後，嚴隼人身上被纏繞的死亡氣息竟然越來越濃厚。

「妳怎麼還叫我隼人先生?」嚴隼人誘導她。「來，叫我的名字試試。」

「隼……。」

「嗯?大聲一點。」

小滿的腦袋幾乎都要垂到地上了。「隼人……」她的聲音比蚊子翅膀還小聲。

嚴隼人滿意的看她害羞的模樣，想強裝沒事。

事實上最初被中年男子打的那一拳，一直讓他的腦袋有點昏沉。可能有一點輕微腦震盪的症狀出現了。本來應該適度休息就好，但剛才又歷經六個小時的手術，實在是讓他吃不消。再加上他手術後顫抖的老毛病，他現在必須使力才能握住方向盤。

「唔……」

「隼人先生，你沒事吧？」小滿還是習慣這樣叫他。她注意到他臉色蒼白，不太對勁的模樣。

「我沒事，前面那個巷子再轉過去就到了，就快到了……」

話還沒說完，他突然眼前一片黑暗，看不到眼前的景象，暈眩過去。

碰！

黑色轎車就這樣衝撞到一旁河堤的牆上，整個車頭都凹陷進去。

在好久以前也曾經發生過這樣的碰撞，他只記得他抱著滿身是血的娜娜衝去醫院，嬌小的身軀逐漸失溫，怎麼喚也沒有回應。嚴隼人的手被她冰冷的身體凍傷，一失手，娜娜就這樣摔到地上，冰塊做成的雕像那樣碎裂。

他一直自責不已，如果當初能抱更緊一點就好了。再抱緊一點，她就不會離他

而去了。

他搓著自己的雙臂，在黑暗中懊悔。

隼人先生……

從黑暗的深淵，傳出小滿的哭聲。雖然叫她不要加先生兩個字了，她還是改不了口。

◆

他朝聲音的的方向走去，卻仍是找不到她。他開始慌張了，「妳在哪裡？」

「我在這裡。」一雙冰涼的手貼上他的額頭，讓他降溫不少。

嚴隼人緩緩地睜開眼睛，發現自己躺在小滿懷裡。只見她慌張的模樣。他雖然想告訴她沒事，喉嚨卻發不出聲音。感覺全身上下都在疼痛，分不出來到底是哪裡出問題了。

「隼人先生！有沒有哪裡覺得痛？」小滿聲音哽咽，雖然看到他醒了，情況卻不樂觀。

「妳沒事吧？」嚴隼人啞著嗓開口，第一句話就先關心她的安危。看到他都傷成這樣了，還先關心她。小滿哇了一聲放聲大哭。

「怎麼了？哪裡痛嗎？」他想要起身幫她查看。

「嗚……你會出車禍都是我的錯……」

「是我開車，怎麼會是妳的錯呢？」

「嗚嗚，上次去王允中家裡的時候，那時候我還講說要是你出車禍我就有靈魂回收了……結果你真的就出車禍了…我這個烏鴉嘴………」她自責不已，哭的一把鼻涕一把眼淚的。

「小傻瓜，這跟妳一點關係也沒有。」嚴隼人幫她擦拭。「妳有沒有受傷？」他只在意這點而已。

「我沒事……可是你留好多血。」身為靈體的她當然不會有事，最初發生車禍時，她趕緊幫嚴隼人解開身上的安全帶，把他從車子裡拖出來。

「妳沒事就好。」心理稍微安心後，原本硬撐起的手臂無力後，他又倒了回去。

小滿幫他把頭上的血跡擦掉，怕血流進他的眼睛裡。「我剛打電話給古司謙了，他等等就會來送你去醫院了，你再忍耐一下。」

「我不要去醫院，帶我回家……」嚴隼人掙扎的想要起身。「沒有時間了，我得幫妳動手術才行。」

「不可以！你的頭還在流血。」小滿也很堅持。她按著嚴隼人的肩膀，不讓他起身。

「放開我！要是妳真的死掉了怎麼辦！」

「你對我也很重要啊！難道你死掉就沒有關係嗎？」小滿哭著。

看到她流眼淚，嚴隼人沉默。

他知道他們倆個在彼此心中都很重要，誰都不會讓步的。他嘆了口氣放棄跟她爭論，「我明白了，對不起讓妳擔心了。別哭了，嗯？」

「嗚……大笨蛋……」

嚴隼人本來想舉起手安慰她，但手臂卻像是被灌了鉛，根本抬不起來。更不用說掙扎她的壓制了。他試著挪動身體，卻扯到傷口，發出呻吟。

「你還好吧？有沒有哪裡痛？」

他不舒服的挪動身軀。「背後有東西……」

小滿幫嚴隼人側過身，從他後口袋拿出一罐非常眼熟的深藍色瓶子。「這不是我的噴霧……」

嚴隼人趁她端詳瓶罐時，趁機把噴口對準她按壓下去，她話還沒說完，就被迷昏倒了下去。本來是想賭一把，想不到這東西還真的對靈體也有效。

他輕吻小滿的額頭。費了好大的進才扶著牆壁站起身，拖著蹣跚的腳步站起來。

「對不起，我答應過絕對不會讓妳死掉的。」

第十章

她在睡夢中痛苦的呻吟，夢裡的他臉上都是血，就算幫他擦拭後，還是不停流出來。只見他的血越流越多，像淹水那樣淹到她的腳踝。她只能勉強抱起他的上半身。

怎麼辦？有誰能來幫幫他？醫生呢？快點找醫生來。

她只能不停的哭，不停的哭……

有一個穿著白色洋裝的可愛小女孩湊到她身邊，黑白分明的大眼看著她。

大姊姊，你為什麼在哭？

因為他的血流不停，我沒辦法救他……

你不需要救他，哥哥是世界第一的醫生，他可以救自己。

但是他沒辦法為自己開刀……

她想起這句話：第一流的理髮師永遠無法擁有最棒的髮型，因為他無法為自己理頭髮。

而世界最好的醫生，不就是隼人先生自己嗎？她還能找誰來幫他治療呢？

該怎麼辦，怎麼辦才好？

哥哥是你很重要的人嗎？

是的……

這個哥哥叫什麼名字？

名字？

對啊，千萬別忘了我哥哥的名字唷……

「隼人先生……」

她哭著從夢裡醒來。

映入眼簾的是一片純白的天花板，和熟悉的消毒水味道。她想抹去臉上的眼淚，才發現手上插了點滴的針管。

意識到自己在醫院時，痠痛像海嘯那樣席捲而來，整個身體都不像自己的了。說不出哪裡最不舒服，卻又每個地方都像裝錯零件那樣不協調。

「孫小姐，妳醒了嗎？」一個溫和的聲音從身旁傳來。

孫小姐……對，她姓孫沒有錯。她頭痛欲裂，所有記憶正一點一點地回復。

「我昏迷很久了嗎？」

「大概一百年了吧。」對方打趣道，她轉頭，只見一位身穿白袍的醫生不知道在旁邊待了多久，他臉上掛著溫和的微笑。雖然她想不起來他是誰，卻有一種熟悉的安心感。

「你是？」

「我是古司謙，妳新的主治醫生。」很耳熟，但她確定自己沒有聽過這個名字。

「現在感覺怎麼樣？有哪裡不舒服嗎？」

「感覺像死過一次了。」她也開玩笑道。

她隨然臉上掛著笑容，心裡卻有點失落。她好像忘記了什麼很重要的事情，到底是什麼呢？

「你才剛動完手術，先不要隨意下床，有需要什麼的話就按身旁的護士鈴。這照恢復情況看來，應該一個禮拜內就可以出院了。」

她轉頭，一雙水汪汪的大眼看著他。「古醫生，你有聽過『隼人先生』這個名字嗎？」

醫生本來才研究病歷表，聽到她的問題，停下手邊的工作為她解釋。「不認識，不過我剛聽妳的夢話也在喊著這個名字，怎麼了嗎？」

「不知道……」她也說不上來。「只是我在夢裡好像有夢到這個人，他的一直血流不停，一直流不停，但是我卻一點辦法也沒有……咦？為什麼我的眼淚又自己留下來了？……」她不知所措的擦去臉上的淚水。

「可能是妳因為生病所做的噩夢吧。」古司謙遞了紙巾給她。

「只是夢嗎？」那個夢好真實，她的手臂甚至還能想像他在她懷中的重量。如果這只是夢而已，為什麼只要一想起那個那個人她的心臟就會抽痛。

「那只是夢而已。」他微笑著安慰她。「妳體力還沒恢復，再多休息一會吧。有任何事情就說一聲，我會趕過來的。」他保證。

醫生走了後，她又躺了幾分鐘，發現自己完全沒有睡意。應該說是她害怕又夢到一樣的內容，她怕夢到隼人先生，怕隼人先生會在她的夢裡反覆地死去，但是她卻無能為力。用打點滴以外的另外一隻手勉強撐起身體，把裝著生理食鹽水的點滴放到一旁的活動式支架上後，試著站了起來。

雙腿像是太久沒有使用，忘了上油的機械，每一步都踏得極為費力。但她還是邁出了步伐，朝門口走去。

「小姐，您要去哪裡？」

房門外站了兩個西裝筆挺的男子，一左一右的，像門神一樣守護在兩側。但她

覺得這兩個保鑣更像獄卒一樣，監禁著她的自由。

「我想出去繞一下。」

「總統先生希望您好好休息。」

「那我想去廁所。」

「您房間裡就有私人的衛浴了。」

拙劣的謊言一下就被保鑣戳破，她也不臉紅。「那你幫我去買餅乾，我要牛排口味的那種。」她指著其中一個黑衣男下令。

「這……」他們兩個人面面相覷，他們還是第一次聽說小姐想吃餅乾。「但那種油炸的食品對小姐身體不太好吧……」

「不然我自己去買好了。」一聽到她這麼說，兩個西裝男緊張個半死，先前小姐被偷渡出去手術的事情他們瞞過了總統。要是現在出了什麼萬一，雖然現代已經不會為此掉腦袋了，但是肯定是免不了被調去離島餵鯊魚。

雖然成功支開了一個保鑣去買東西，看剩下那個說甚麼也不肯離開崗位。她嘆了一口氣，雖然她很想透個氣，但也只好乖乖回房間。

轉身時扯動了肚子上的傷口，不小心踢倒了點滴的竿子，她痛苦的倒在地上呻吟。

「小姐！你沒事吧？」西裝男不敢隨意碰觸她，只見她的血順著點滴的管子逆流出來，看起來怵目驚心。

「好痛……古醫生，幫我找古醫生……」

「好！您在這裏稍等我一下。」西裝男緊急跑走要找人搶救。

等他一離開視線，她立刻坐起，拔掉手上的點滴，用衛生紙按住傷口。身體撐著走廊兩側的扶手，趕緊逃離。

事實上她連自己要尋找什麼都不知道，只覺得心裡空蕩蕩的，說不出的難受。要是一直被關在那個房間裡，她一定會受不了的。所以她逃了出來，像幽魂一樣漫無目的在醫院晃蕩。

不過古醫生說的沒錯，她體力還沒恢復，走沒幾步路她就氣喘呼呼，蹲在一旁的花圃邊休息。所幸在醫院裡人來人往的，根本沒有人有空注意到她。

醫生、護士、病人、病人的家屬。她仔細觀察著每一個經過她面前的人，她到底在等誰呢？

隼人先生？

忽然一個身穿白袍，高壯的男子經過，她只來得及看到他離去的背影，腦海中浮現夢裡男子的名字。難道就是這個人嗎？她想問他到底是誰？想問他頭上的傷口

好了嗎？更想問他為什麼會出現在她的夢裡？她趕緊起身，想要追逐上去，但是她躺在病床上太久了，久到肌肉都輕微的萎縮，根本支撐不了她的體重，更不用說想要跨足跑步了。

「隼人先生，請……請等一下……隼人先生……」她走沒幾步路就跌倒在地上。只見男子越走越遠，幾乎被人群所吞沒。

她著急了，萬一錯過了再也見不到怎麼辦？

「隼人先生！」孫于滿放聲大喊，周圍的所有人像是停格一樣，全部都看向她這裡。下一秒又恢復先前匆忙的樣子，誰也沒空裡她。

「隼人先生……」她握緊拳頭啜泣，一個聲音忽然從她頭上響起。

「妳沒事吧？」剛才身穿醫生袍的高大男子注意到她跌倒了，又折回來扶起她。

她愣愣地看著眼前的男子，既溫柔、又體貼。

但不是他。

雖然她想不起來夢裡面隼人先生的長相了。但她直覺的就是知道不是眼前這個人。

真正的隼人先生，看起來沒這麼溫柔，當然也不會這麼體貼。他笑起來應該要是更加猖狂，更加壞心，眼神裡也總是充滿自信。但在笑容底下，又隱藏著悲傷的

一面。還有他看她的眼神……也總是充滿著眷戀。

她拼命敲自己的腦袋，她好像快想起了什麼？只要再努力一點點，再努力一點點就可以想起來了。

「小姐，不好意思，請妳借過一下。」婦人的聲音從她背後響起，她才發現自己愣愣地佇足在走廊中央。

「不好意思。」她趕緊靠邊，讓推著輪椅的婦人經過。

「啊！夢裡的大姊姊！」一個坐在輪椅上的小男孩，鼻孔上還插著呼吸管，忽然用他那乾瘦的手指指著她。

「不可以用手指指著別人，這樣很不禮貌。」應該是男孩母親的婦人訓斥道。

「是真的啦！雖然大姊姊現在的髮型跟在夢裡不一樣，但我沒有認錯人。」小男孩急著想解釋。「夢裡面大姊姊因為我受傷了所以很傷心，一直哭說一定會救我，不會讓我死掉的。」

「你睡傻了嗎你？」

小滿心裡一震，顫聲道。「在你的夢裡，我是什麼髮型？」

「是那樣整個綁在後面。」他兩手在後腦勺，抓起一搓頭髮成小馬尾的樣子。

「然後穿著白色的衣服，跟黑色裙子。」

「別胡說。」婦人阻止他繼續胡亂說下去，拼命向她道歉。「小姐，不好意思，這孩子之前被車撞到，可能腦袋還不是很清醒，所以認錯人了，妳不要在意。」

「沒關係的。」她僵硬的微笑。

「我才沒有認錯人。」男孩嘟著嘴很不服氣。「大姊姊是我的救命恩人。」

婦人微笑。「你的救命恩人是一個很厲害的醫生叔叔才對……」把男孩的輪椅推走後，隱約還可以聽到婦人向男孩解釋醫治他的是世界上最厲害的醫生。

她整個雙腿無力，虛弱的癱坐在地上。忽然笑了出來。

「他沒死，真的是太好了……」孫于滿笑著流出了眼淚。

這男孩就是當初她拜託嚴隼人醫治的孩子，本來大家都以為沒救了，沒想到他還是奇蹟般的救活了他。他的醫術，果然稱得上是世界第一。

原來那一切都不是夢。

那如果不是夢的話，隼人先生現在在哪裡呢？

她想起了一切，包含自己因為覺得愧對娜娜而自殺未遂，成為靈魂回收員的事情。下弦姊姊警告過她必須在期限內把靈魂帶回，否則她就會永遠無法回到身體裡面，真正的死去。

但是她還是醒過來了，而嚴隼人也成功醫治好那個小男孩了。

那麼她究竟是帶了誰的靈魂回去？

她心中閃過不祥的預感。

「怎麼不在房間休息，偷跑出來了呢？」古司謙溫和的聲音從她背後響起，一雙大掌扶起了她。剛剛保鑣擔心的要命跑來找他，結果他們一趕去就發現房間裡竟然是空的。那保鑣只差沒差點昏倒。「妳的身體還很虛弱，不適合這樣到處走動。如果想繞繞的話，我去幫妳申請輪椅租借。嗯？」

「隼人先生現在在哪裡？」她盯著他看，聲音顫抖著。

「那只是妳夢到的人而已，現實中根本沒有這個人……」

她打斷古司謙。「不要騙我了，我都想起來了。」一切一切，她都全部想起來了。她聲音顫抖，忍住不讓眼淚掉下來。「我最後記得的是他出了車禍，但後來的事情就沒有記憶了……他現在人在哪裡？」

「孫小姐……不，小滿。」古司謙嘆了一口氣。「我本來想說既然妳已經忘了，那就不用勉強自己再想起來了。」

「難道是他……」死掉了嗎？小滿懦弱地不敢問出口，她好怕說出來就會變成現實。

「如果妳想見他的話，就跟我來吧。」

古司謙雖然答應了小滿讓她見他，卻不知道這麼做是好是壞。因為如果問嚴隼人那傢伙，他一定會說不准讓她哭泣。

一路上兩個人都沉默不語，只有身後不停傳來小滿的啜泣聲。

古司謙回想前幾天的那個夜晚。

他接到小滿說車禍的事情，立刻趕出門。到事故現場卻只看到半損毀的轎車，而不見嚴隼人和小滿。後來他是循著血跡找才找到他的，當時嚴隼人頭上流著血，獨自拖著傷口還硬走了好幾百公尺，想要趕回去動手術。

「你瘋了嗎！」他管他是不是傷患，先罵人再說。「快點跟我去醫院！」

「帶我回去，我要幫她動手術。」

「你自己都要沒命了，還有心情管她！」古司謙雖然不討厭小滿，但他認為是她自己選擇要救那男孩的，後果就必須自己承擔。

「拜託你了。」

「不！」

「拜託你，帶我回去。」嚴隼人看著他，眼神堅定。「她的靈魂不見了，再不快點手術，我怕她會就這樣永遠消失。」

認識這傢伙這麼久，從來就只見他心高氣傲的指使別人，姓嚴的傢伙哪時這麼低聲下氣過了？

古司遷根本說服不了他，只得帶他回去，雖然幫他做了緊急止血的治療，但這也只是應急措施，根本稱不上是治療。然後嚴隼人幾乎沒有休息，就又幫孫于滿做手術，想趕在午夜前救活她。

後來在手術結束的同時，嚴隼人也因為體力不支而倒下……

◆

「到了。」他帶小滿來到一間病房前。

她已經不再是靈魂回收員了，再也無法偵測到所謂的死亡氣息。這讓她感到無比恐懼，現在的她，只能用雙眼去確認別人的生死。

「妳現在要後悔還來的及。」古司謙說。「孫于滿的人生裡，從來沒有跟嚴隼人有過交集。妳現在離去的話，可以永遠抱著一個愛情的美夢到人生的盡頭。不需要背負著愧疚。」

「我要進去。」她毫不猶豫的回答。

「但妳要是選擇進去的話，無論看到什麼，都必須負責到最後，就算是這樣妳還要進去嗎？」

「古司謙先生，請讓我進去。我並不是因為覺得虧欠隼人先生才來的，而是因為我喜歡他，所以才想見他。」小滿第一次感這麼勇敢的說出她喜歡嚴隼人。

看著她堅定的眼神，讓他想到那天晚上的嚴隼人。古司謙感到欣慰，看來隼那傢伙付出沒有白費。

「……我明白了，進來吧。」

在格局和小滿房間大小相同的病房裡，只見嚴隼人躺在床上，原本帥氣的臉頰，有些許消瘦。一旁心電圖規律的發出嗶聲。

「隼人先生……」小滿原先忍住的淚水潰堤。

隼人先生還活著！真是太好了……

「隼他……」古司謙再也裝不出笑容了，他把臉瞥到另外一邊。「在幫你動完手術後就昏迷不醒。」

「昏迷很久了嗎？他什麼時候會醒來？」

「他現在除了神經的反射動作以外，瞳孔對光照也沒有反應，在病理學上我們稱之為植物人……」

「植物人？……什麼意思？」

「也就是說，他永遠都不會醒來，也不會再回應妳的聲音了。」

古司謙的每一句話都是中文，但她卻每一個字都聽不懂。

他永遠都不會再抓她的馬尾了？

再也不會嘲笑她滿嘴的飯粒？

再也聽不到他充滿自信的笑聲了？

再也不會親吻她？

再也無法被擁入那溫暖的懷抱了？

他永遠都不會醒來了。

「為……為什麼會這樣？」她顫聲道。「他不是只是流血而已嗎？……」

「只能說應該是車禍的撞擊造成的影響。」現在人類對大腦的構造還了解太少，連原因都找不到的話，根本無從治療。

「不能動手術嗎？」她抓起古司謙的手。「如果這個世界的原則是有錢就可以買到健康的話，那我出，不論多少我都願意付。請一定要救他！」

「妳放心把他交給其他二流的醫生動刀嗎？」古司謙反問。

世界第一的醫生，也醫不好自己的病。

小滿想起了她的夢境，竟然血淋淋的成為了現實。

「他傷到的部位是腦部，要是隨便開刀的話，就算醫好了也難保沒有後遺症，

輕則人格轉變，嚴重一點的情況我們根本無法想像。這是一場賭注，但是我們最強的賭徒，卻同時是我們的籌碼。要是賭輸了，我們根本賠不起……」

小滿聽懂他的意思了。這種手術也的確只有嚴隼人有辦法做的到，但偏偏他現在就躺在床上。救了無數人的他，到頭來卻沒人可以救他自己，現實竟然如此諷刺。

難怪方才古司謙拼命阻止她近來，還一直要她有心理準備。她原以為只要嚴隼人還活著就夠了，事情總有辦法解決……

「……可以讓我們兩個獨處一下嗎？拜託你了。」

古司謙體諒她的心情，將空間留給兩人。小滿蹣跚地走去他的床前。「隼人先生，我是小滿啊……」她一開口，眼淚就流下。「拜託你張開眼睛好不好，拜託你……你說什麼我都願意做……只要你能張開眼睛……」

不論她如何呼喚，哀求，他都聽不見任何聲音，就只是靜靜地躺在那邊。他與死人的唯一差別，就只差心臟的跳動了。

「我有沒有親口跟你說過，其實我一直都好喜歡你，雖然你總是喜歡捉弄我……但我還是好喜歡你……」從一開始看到他的時候，就被他的自信所吸引。後來看到他工作專注的模樣，還有為了她著急的模樣。

一切的一切，她都好喜歡。

她顫抖的雙手，輕輕觸摸嚴隼人消瘦的臉頰，想確定他就在那裡沒有消失。記憶中他那總是溫暖的體溫，如今卻比她的還要冰冷。小滿將額頭貼著他的額頭，想要幫他取暖，眼淚卻都滴在他的臉上。

「對不起，真的很對不起……」她慌張的抹去他臉上的淚水，卻越哭越兇。「這全部都是我的錯……」

她沒有成功收取男孩的靈魂，照理來說應該早就被上頭懲處了，不可能還留在人界。但是她竟沒受處罰，而是又活過來。

她只能猜到一種結果。

那就是車禍時嚴隼人為了救她，而延誤了自身的醫療時間，失血過多身亡。而冥界把他的靈魂收走，算做是小滿的業績，所以才讓她回到原本的身體裡面。

所以小滿是取走了他的性命，才得以存活。

全部都是她的錯。

「隼人先生，對不起……都是我太自以為是，以為能幫到別人，結果到頭來都是只有你一個人在忙碌奔波……」

她本來是不希望有人再跟娜娜一樣為她犧牲，她不想拿走小男孩的靈魂來換取自己的生命，結果諷刺的是，到頭來她也是拿走了他的靈魂才得以復活。

小滿頭埋進手臂中，趴在床沿，緊握著他冰涼的左手。「如果你醒來的話一定會罵我是大笨蛋吧……拜託你快張開眼睛罵我是大笨蛋……拜託你……」

一隻大手覆蓋在她頭上，看來是古司謙不知何時又回來了。

「古司謙先生……」

「這真是我聽過最自虐的請求了，竟然會有人求我罵她。」

不是古司謙？

偷笑的聲音從她耳邊傳來，再也沒有人可以笑的這麼充滿自信又壞心了。

小滿猛然抬頭，只見嚴隼人正賊笑地看著自己。「原來妳愛慘我了啊。」

他怎麼醒過來了！

「隼人先生！」小滿簡直不敢相信，興奮地撲到他的懷中，深怕這只是幻覺而已。聽到他的悶哼聲才發現自己壓到他的傷口，趕緊要起身，嚴隼人卻抱住她不肯放開。

「你是笨蛋沒有錯，竟然會不信任我的手術技術，剛才一定還以為自己是因為拿走我的靈魂才復活的對吧？所以才一個人在那邊哭的死去活來。」

小滿被說中心事，滿臉通紅。「不是這樣嗎？」

「當然不是。」嚴隼人彈她額頭。「大爺我可是世界第一的外科醫師，想等我

手術失敗再等一百年吧。」哼哼。

「那你怎麼還會昏迷？」小滿偏頭，害她還一直以為是自己害了他。

「那是因為他真的死掉啦。」上弦不知何時出現，看到他們倆個抱在一起，下巴幾乎都要掉下來。「你這個禽獸！快放開我們家小滿兒！」她氣呼呼地想要把小滿拉開。

嚴隼人偏不理她，反而將懷裡的小滿抱得更緊了，不讓她掙脫。「這傢伙現在活過來，已經算是離職了，再也不是『你們家』的小滿兒了。」

上弦聞言氣的跺腳。「你再不放開她，我就讓你再死一次！」

「所以你那時真的死掉了嗎？」小滿擔憂地抬頭問他。

嚴隼人漫不在乎的點頭，好像死掉的是別人似的。

「因為這傢伙醫治好了我們那個鬼上司的便秘，還答應以後要在冥界待一百年當志工醫生，所以才網開一面讓他復活。」上弦聳肩，這根本就是官商勾結嘛！沒想到連冥界的官僚都這麼黑暗。雖然這不關她的事啦，隨便怎麼樣都好。反正上司治好後脾氣變好，受惠的也是他們這群手下。

小滿恍然大悟。難怪每次看上司臉都這麼臭，原來是因為他身體不舒服。但是更讓她吃驚的事情是……

「志工醫生？一百年？」小滿驚呼。

嚴隼人點頭。

「沒有薪水？」

點頭。

「隼人先生怎麼可能答應做免費的事情？」

「沒有人說當志工一定就是免費吧？總是能從別的地方撈到好處的。」嚴隼人笑的超壞心，完全扭曲志工這兩個字的意思。

看來黑心的無照醫生，就算死了以後他的心也不會變成白的啊。

「好啦，我得走了，你趕快在這確認復活的文件上簽名。」上弦塞了一張紙給嚴隼人。「再不回去上司又要碎碎念了。」

上弦走之前不忘偷親小滿的臉頰，對嚴隼人烙狠話。「你要是敢欺負我家小滿兒，就有種不要死掉後讓我在冥界遇見你！」

上弦像一陣風來了後，又像風咻地走了。

「她們還真疼妳啊，小滿妹妹。」

「嗯。」小滿開心的點頭。「上弦姐姐她們在冥界都很照顧我，就連我那時候交不出靈魂時都在替我擔心。」

「那麼。」

嚴隼人忽然拔掉手上的點滴掉管，翻身壓住小滿。「要做哪些事情才算是『欺負』妳呢？」他的笑容看起來非常危險。

「不行啦，你出車禍，有傷口……」

「已經好了。」他低下頭，啃咬小滿的耳垂。

「不行啦，我也才剛復活……」

「沒關係，妳要是又死掉的話，我再把妳救活就好啦。」嚴隼人露出燦爛的笑容，小滿有一種誤入狼口的感覺。

她都忘了這男人是別人越是禁止他，他就越是要做！

嗚，救命啊，上弦姐姐。

i-smart

智學堂

智慧是學習的殿堂

國家圖館出版品預行編目資料

菜鳥靈魂回收員 / 未央著. -- 初版. -
- 新北市 : 智學堂文化, 民105.02
面 ; 公分. -- (輕文學 ; 6)
ISBN 978-986-5819-87-3(平裝)

857.7 104028097

輕文學系列：06

菜鳥靈魂回收員

作　　者 — 未央
出 版 者 — 智學堂文化事業有限公司
執行編輯 — 姚恩涵
美術編輯 — 青姚
地　　址 — 22103　新北市汐止區大同路3段194號9樓之1
TEL　(02) 8647-3663
FAX　(02) 8647-3660

總 經 銷 — 永續圖書有限公司
劃撥帳號 — 18669219
出 版 日 — 2016年02月

法律顧問 — 方圓法律事務所　涂成樞律師
cvs 代理 — 美璟文化有限公司
TEL　(02) 27239968
FAX　(02) 27239668

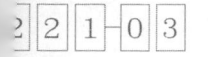

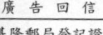